JN034352

小島まち子

Kojima Machiko

コールサック社

白い闇
——ひと夏の家族

目次

白い闇

——ひと夏の家族

小島まち子

1　ミシガン湖の水平線

シカゴ、オヘア国際空港のロビーは利用客で溢れ、それぞれが自分の進行方向にせわしげに眼差しを向け、心ここにあらずといった様子で行き交っている。夏休み期間中のため家族連れが多く、赤ん坊の泣き声や子供たちの叫び声も聞こえてくる。奥村洋子は振り返って入り口のドアの辺りを見遣ったが、ロビーに一緒に入ってカウンターでのチケット購入手続きに付き合ってくれた夫の姿はどこにも見当たらなかった。そのまま勤め先のオフィスに直行すると言っていたから、もう出てしまったのだろう。

「もし田舎のお義母さんに緊急の事があったら帰るつもりでいるから、早めに電話して」

と、別れ際に言っていたが、日系企業のシカゴオフィスで、限られた日本人スタッフの一員として常に仕事に追われている夫の和彦が、日本に一時帰国することなどできるだろうか。

「ねえお母さん、下に降りるんでしょ」

十五歳の娘、博美に腕を捕られ、我に返った。そうだ、これから係員のいるゲートを入って、出国審査を始めなければならない。

「ああ、ごめんごめん。混んでるから急がないとね」

少し離れて立ち止まり、所在なげに両手の中のタブレットを覗いている十一歳の長男、陸に声をかけ、エスカレーターに乗った。

「あっ、お父さん」

博美が指さす方向を見上げると、エスカレーター脇の仕切りの上にあるガラス窓から、奥村和彦が笑顔で手を振っている。洋子と子供たちも笑って手を振り返しながら、階下へと下って行った。出国審査を待つ人が幾重にも列を作り、数人の係員がエスカレーターから降りた人々を次々に振り分けて各列の後ろに誘導している。パスポートチェックを終え、手荷物検査のカウンターを通り過ぎて身体チェックを終えれば、その先に進むことができる。シャトルに乗って別のビルディングで降り、ついに搭乗ゲート前の広場に辿り着いて、ベンチに腰を下ろした。大きなガラス窓の向こうに日本の旅客機が横付けされ、巨大な胴体を見せて停まっている。博美と陸が、

「おお」

と同時に歓声を上げた。

　昼少し前に離陸した飛行機の窓から、シカゴの街が遠のいていくのを見下ろしていた。海とも見紛う真っ青なミシガン湖の果てに引かれた水平線を画して、水彩絵の具で刷いたような水色の空が立ち上がっている。湖の反対側の湖岸に視線を引き寄せると、シカゴ都心の摩天楼がびっしりと並んでいるのがまだ肉眼で確認できた。

「ほら、ミシガン湖が見えるよ。見て」

　隣の博美の腕を掴むと、

「ほんとだー。真っ青できれいだねー」

　と、上体を傾けてしばらく覗き込み、姿勢を戻すと再びコントローラーを取り上げ、前席の後ろに取り付けられたモニターに映る映像の検索に戻った。

　洋子は尚も窓の下のパノラマに目を凝らし続けた。大地を覆う住宅街は縦横に走る道路で長方形に区切られて整然と続いていく。果てることを知らない平地の広がりに圧倒されているうちに巨大な大陸も次第に遠のき、気づくと雲海を下に見ていた。

　洋子は雲海に守られているかのような安らぎを感じ、目を閉じた。考えないようにしているつもりが、脳裏に数日前の姉、藺子からの電話の声がまた蘇った。

「あのね、母さんが入院したのよ。もうダメなんだって。胃癌の末期だから助からないって、お医者さんがね」

そこまで言うと姉は後が続かず、鼻をすすり嗚咽する音がしばらく続いた。

「あんた、帰って来れるの」

ようやく涙声で訊いている。

「うん、すぐに手続きして帰るよ」

それからバタバタと帰国準備に入った。夏休みに入っている博美と陸も連れていくことにした。日本からシカゴ郊外に転居してまだ三カ月弱の二人は、思いがけず一時帰国できることになってたちまち笑顔になり、その後事情を理解して複雑な表情を浮かべた。

轟音を轟かせ続ける機内は常夜灯だけになって静まり返っていた。いつしか北米大陸を横断して太平洋上空に出て、日付変更線を越えた。眠気が襲ってきても熟睡はできず、洋子の想いは入院している母、育のもとに飛んで行く。

「胃の調子が悪くて、お酒が飲めなくなったよ」

と、電話口で自嘲気味に笑いながら呟いたのは、五月に入ってからだった。

「絶対に病院に行ってよ」

「わかってるよ。行くから心配しないで」

と朗らかに答えた育だった。

あれから直ぐに入院したことになる。育が箝口令を敷いたのだろうか。すでに二カ月も過ぎているではないか、怒りにも似た焦燥感に襲われた。怒りの矛先は何も知ろうとしなかった自分に向かう。横の座席を見ると博美も通路を挟んだ横並びの席に座る陸も、ヘッドホンをつけたまま姿勢よく眠っていた。

少しまどろんだかと思うと、機内の照明が点灯し、キャビンアテンダントのアナウンスが続いた。十三時間のフライトがもうすぐ終わろうとしていた。朝食を終える頃には、座席脇の楕円形の窓から見下ろす太平洋上に、本州の海岸線が迫っていた。旅客機は機体を傾けながら、大地に吸い込まれるかのようにぐんぐんと降下していく。眼下に広がる緑濃い森や新緑の稲田、住宅街、線のようだった道路が幅を増し車などが認識できる近さまで迫って来た、と思う間もなく、ついに飛行機の車輪が滑走路を捉えた。「ガツッ」と足元に響く衝撃が無事に地上に降りたことを体感させ、洋子は深い安堵に包まれた。機内には夏休みで一時帰国をする母親と子供という組み合わせの乗客が多く、着陸するや否や子供たちが一斉に拍手をして、笑いを誘う。速度を落としながら助走を続けていた機体が完全に静止すると、長時間の不自然な姿勢と不完全な睡眠を余儀なくされた乗客達は、アンニュイな気配を振り払うように立ち上がり、頭上のキャビネットの扉を押し上げ荷物を手繰り寄せ始めた。

飛行時の浮遊感が身体に残っていてフワフワと心許ない足取りでゲートを出て、到着ロビーの通路を進んだ。

「ねえ、洗面所で歯磨きして、軽く顔を洗おうよ、髪にブラシもあててさ」

と、洋子は中央の空港ビルへと続く長い通路の壁沿いに取り付けられている洗面所のマークを指さした。満面の笑顔を見せて辺りを見回している博美と陸が振り向き、三人は洗面所に向かった。

「お母さん、日本のトイレはきれいだよね。掃除が行き届いていて気持ちいい」

「そうだね、高さも私達にはちょうどいいしね」

博美と磨き上げられた洗面所の清潔さを愛で、手や顔を洗って髪を整え終わると幾分活力が戻った気がした。

再び通路を進み、先ずは入国審査を受けるためのホールに入った。審査官が待機する各ブースの前には順番を待つ人々の長い列ができている。夏季休暇の時期だから利用客が多いのだが、それでも自国に入るのはまだ楽で、外国籍のパスポートを持つ人々のセクションを見ると、呆れる程長蛇の列が続いている。パスポートにスタンプを押してもらって入国審査を終えると、次は預けた荷物を受け取りに向かわなければならない。雑多な人々をかき分けるようにしてベルトコンベアに乗って運ばれて来る三個のスーツケースを探し出して引き取り、ようやく到着ロビーに向かった。出迎えの人々で賑わうロビーを横切りガラス張りのドアを押して外に出ると、まるで待ち構えていたかのように、熱波と化した真夏の大気が身体中に纏わりついた。

成田からは高速バスで東京駅に向かうことになった。

「高速バスで外の景色を見ながら東京駅まで行きたいな」

と、博美が言い出し、陸も頷いて、

「それがいい」

とはしゃいだ声を出したのは、ほんの少し前、到着ロビーに出た直後だった。

地下に乗り入れている成田エクスプレスに乗った方が早いのでは、とは思ったが洋子にも外気を浴びたい思いはあり、

「よおし。じゃあ、そうしようか」

と、二人に同意した。

バスに乗り込むと、博美も陸もガラス窓に顔をくっつけるようにして外を眺め、

「うわあ、ただいま日本」

と興奮した声ではしゃいでいる。

笑顔を綻ばせながら何か囁き合っている子供たちを見遣りながら、洋子も夏の田園風景が広がるのどかな窓外から目が離せなかった。バスは次第に交通量が増していく高速道路をひた走り、高層ビルや家屋がびっしりと立ち並ぶ都心に分け入り、東京駅に近づきつつあった。東京駅で新幹線に乗らなければならない。八重洲口でバスを降り東京駅構内に入ると、空港よりもさらに膨れ上がった人の波が四方八方に向かっている。子供たちも洋子も歩みを止め、しばしその人混みを眺めた。

幸いなことに新幹線乗り場は八重洲口から近いのだが、切符売り場のある広場がすでに混雑している。辛抱強く列に並んで乗車券と特急券を求めると新幹線改札を抜け、各自でスーツケースを転がしながら新幹線乗り場へとエレベーターに乗り込んだ。秋田新幹線も昔に比べると本数が増えたので、混雑していて乗れなかったら次の新幹線まで並んで待つ

覚悟だったが、幸いにもすぐに乗り込むことが出来た。

滑らかに走り出した新幹線はあっという間に都心を抜け、窓の外には次第に夏の稲田が広がり始めていた。成長した緑の葉に守られて、小さな稲の実が鈴なりに芽吹いた頃だろうか。遥か彼方まで広がる一面の稲田の奥に、連なる山を背にして建ち並ぶ人家が見える。洋子はこれが自分の原風景なのだ、とたとえようのない安らぎに満たされた。

満席だが穏やかな静けさが保たれている車内に、弁当やスナック菓子、飲み物などを満載したワゴン車が入って来ると、博美と陸は立ち上がり、お菓子や飲み物を求め満面の笑顔を見せた。

「お母さん、これ見て、懐かしいー」

「懐かしいって言ったたって、三カ月ぶりくらいの事じゃない」

と、興奮気味の子供たちに笑顔で答えながら、洋子は背もたれを下げて目を閉じた。

「お母さん、起きて。もうすぐ着くよ」

と、耳元で博美が囁いている。

一瞬居場所が分からず、薄目を開けると、向かいの座席の博美と陸が忍び笑いをしながら洋子を見ている。いつの間にか、深い眠りに入っていた。洋子の隣の席に座っていた人もすでに下車したとみえ、車内に残っている乗客は数える程になっていた。

　長い移動を経て生まれ故郷の駅に降り立った頃には、日差しが大分西に傾き始めていた。それでも衰えを見せない真夏の陽射しはジリジリと肌を焼きつけてくる。時間を半日飛び越えた長い旅は、昔ながらの小さな駅舎の前で乗ったタクシーが町外れの病院の前で止まった時、ついに終わりを告げた。


　洋子の母、矢野育の病室は二階のナースステーションの向かいだと、弟の矢野大が電話で話していた。エレベーターを降り、ホールから廊下を進んでいった。廊下の片側に女性患者用の病室が並んでいる。どの部屋もブラインドの遮りをものともせずに窓から西日が降り注ぎ、まるで部屋中を晒してしまったかのようにすべてが色を失って見えた。昼食時の賑わいを一通り終え、看護師から配布された薬を飲み終えた患者たちが午睡の後の倦怠と静寂を漂わせ、四隅のベッドの上で思い思いに過ごしている様子が開け放した入り口から覗えた。

　病室の並びとは反対側にナースステーションが見えてきて、成程、真向かいに病室があった。俄かに緊張が走り、ぎこちない動作で中の様子を覗き込む。上体を立て直して育の名札を確かめるふりをして、しばらく戸口に佇んだ。息を整えながら、電話越しの叔母、喜久子の声を頭の中でもう一度反芻(はんすう)した。

「洋子ちゃん、お母さんすっかり痩せちゃって、びっくりすると思うけど、なるべく普通に振舞って。頼むから泣いたりしないでよ」

まるで叔母が目の前にいるかのように頷き、それから病室に入って行くために気持ちを無理やり引き上げ、うっすらと微笑んでみた。中に歩を進めすぐ左側のベッドに目をやると、三〇代半ばくらいの若い患者がうずくまるように上体を折って、膝上の週刊誌を眺めながらぶどうを食べているところだった。お盆から初秋にかけて出回る皮が薄い小さなぶどうで、それは先祖を迎える拵えをした実家の神殿を連想させた。毎年八月の旧盆に初物として欠かさず神殿に供えてあったものだ。幼い頃家族の目を盗んでは神殿に上がり、三宝に載せて供えられたそのぶどうに手を伸ばし、一粒、また一粒と口に入れた遠い昔がふと頭をよぎった。

右側のベッドでは、ずっと年嵩(としかさ)の女性が黄色い点滴液のチューブを腕に繋がれたまま、小さく丸まって静かに目を閉じている。散切りの白髪に覆われた寝顔は目がすっかり落ち窪み、何もかも縮んでしまったように小さくて、バスタオルを巻いた枕がひときわ大きく見えた。洋子はその老女が母ではなかったことに少し安堵した。

雑誌から顔を上げ、ひっそりとはにかむように微笑む若い患者に会釈をし、忍び足になって部屋の中央を進む。病院の玄関で履き替えた備え付けの緑色のスリッパが、ひたひたと軽い音を立てた。

窓際のベッドの右側は四方を薄いカーテンで覆われていた。その反対側に育はいた。育は上掛けもかけず、ブラインド越しの白日に全身を晒して熟睡していた。

落ち窪んだ両目を閉じて、ぽっかりと口を大きく開けて眠っていた。青白く艶のない皮膚と飛び出した頬骨、口中の底知れない闇の暗さが、絶望的な病状を物語っていた。何のはばかりもなく死相の浮き出た顔を晒している育の寝顔を見て、これでは誰の目にも一目瞭然ではないか、と洋子は慌てて薄鼠色のカーテンを引いて四角い隠れ家を作った。

母が死の床にいることを誰にも悟られたくない。あの人もうだめらしい、なんて口から口へ伝わっていくのが耐えられない。けれども今更もう遅いのだ、と我に返った。入院してからすでに二カ月も経っているのだから、親戚や知人はここを訪れ、母の死の病をしかとその目で見たことだろう。この窶(やつ)れようを知らなかったのは自分だけなのだ、と気づき体中の力が抜けた。

子供たちはベッドの足元の方に立ち尽くしたまま、祖母を見つめて静かだった。窓際の壁に立てかけられた折り畳みのパイプ椅子を引き寄せて育のお腹辺りの位置に置き、腰を下ろした。

「スーツケースを横にして腰かけたら」

と子供たちに囁くと、一階の待合室でテレビを観る、と言うので、

「一階に売店があったから、冷たいものでも買いなさい」

と小銭を握らせ送り出した。


病室の入り口でザワザワと人いきれがすると思う間もなく、カーテンを押し開いて、叔母の喜久子と福岡に住む姉の河村繭子、仙台で働く弟の大が入ってきた。

「洋子ちゃん、予定通りだったんだね。疲れたべ」

と、喜久子が肩に手を置いて囁くように洋子を労ってから、育の枕元に顔を近づけて呼吸を伺い、額にかかった髪を撫でつけている。洋子より一日早く実家に帰っていた繭子と大が、

「よし、覚悟はいいな」

とでも言うように、洋子と目線を合わせ、三人で頷き合った。

その時、育がうっすらと目を開けた。視線を彷徨わせてベッドの周りの人物を確認すると、たちまち目の中に光が宿り、顔を綻ばせた。

「なーに、みんな集まってえ。洋子は四時半に駅に着いたんだべ。大が迎えに行ったんだか」

笑った目のまま、「うん、うん」と頷く洋子を見つめた。

タクシーで来た、などと言うとまた気に病んで大を責めるに決まっている。

聞く人を惹き込まずにはおかない、少し甲高く朗らかな声音はそのままだ。色素の薄い母の目はより一層茶色が薄くなったように見えたが、くるくるとよく動きいつもと同じだ。

一つずつ確かめては、安堵しながら母を見つめている自分に気づく。

「一度にみんな集まれるなんてなあ。おばあちゃんの一周忌以来だなあ」

と、育は遠い目をして独り言のように呟いた。

一年ぶりに顔を見せた娘に文句を言うでもなく、自分の置かれた状況を愚痴(ぐち)るわけでもなく、ただただ、会えて嬉しくてたまらない、という風に始終笑顔の母を叔母に任せて、長女繭子、次女洋子、長男大、育の三人の子供達は、主治医に会うために一階の診察室に下りた。

小さな町にある個人病院の二代目は、約束の時間に現れた三人を前にレントゲン写真を見せながら、育の病状の説明を始めた。胃の内部が撮影された映像がモニターに現れると、

「ご覧のように、胃壁の殆どが白い蜘蛛の糸みたいなもので覆われているように見えますよね。これがお母さまのスキルス性胃癌の病巣です。うちに来られた時はもうすでに末期症状でした。手の施しようがない状態です」

と、細い棒で写真に映し出された胃壁の全体をなぞるように動かしながら顔を曇らせた。胃の透視検査で撮影された映像には、網目模様の白い線が見えるようでもあったが、全体が煙で覆われたようにモヤモヤしていて、洋子にはよくわからなかった。しかし、「スキルス性胃癌」という病名には聞き覚えがあった。テレビの人気ニュースキャスターが罹患し、手術、闘病の甲斐なく命を落としたのは何年前だったか。その時に広く知られる癌となったのだ。

手術は全く考えられないこと。このまま痛み止めを入れながら、高カロリー輸液で体力を補い、なるべく食べる努力を続けさせるが、胃はすでに機能していないので、あくまでも本人に生きる気力を失わせないためでしかない。主治医はすでに喜久子からもたらされ

た情報通りのことを繰り返した。

「そこで、ご相談なのですが」

医師は三人に向き直り、言葉を継いだ。

「お母さまにご自身の病状を知らせたほうがいいのかどうか、お子様である皆さんのご意見を伺いたいと思いまして」

しばらく沈黙が続いた後、

「知らせないで下さい」

ほとんど同時に、三人は医師の前で初めて口を開いた。

長女の繭子が続ける。

「母は精神的にとても弱い人間ですし、もう体力も弱っています。この上自分の病気を受け入れる余裕があるとは思えません。無駄に苦しめたくないし、可愛そうで見ていられません」

最後は涙声になった。

長男の大は鼻を啜るばかりで、お辞儀でもしているように項垂れたきり顔を上げる気力もないように見える。洋子はとっさに育本人への告知を否定したものの、混乱していた。

何かもっと母の容態について訊いておくことがあるのではないか、余命三カ月といわれてこのまま「はいそうですか」、だけでいいのか。本当に本人に知らせない方がいいのか。焦るばかりで実際は何を訊いたらいいのか、特別に頼んでおくことはなかったか、おまけにどう引き下がっていいのかすらわからないのだった。

俯く三人を前に、

「お母さまが望む所、どこにでも連れて行ってあげてください。階下の処置室に連れて来ていただいて点滴を受ければいいから、二、三日、自宅に帰ることも可能ですよ。好きなものを食べさせて、好きなことをさせてあげてください。これが最後のお盆になると思いますから、おうちで皆さんと過ごすのがいいでしょう」

と主治医が言い、会話を締めくくった。

それは、もう病院で出来ることは何もないのだ、ということを言外に含ませた最後通告でもあった。

主治医との面談は十五分程で終了した。

たった十五分で、育は自分の病状も知らないまま死ぬことが決まった。

洋子は尚も、もっと医師に訊ねる事はなかったか、食い下がって頼むことはなかったか、と自問していたが、繭子と大に背中を押されるように廊下に出てしまった。何だか三人の独断で母親を密かに、速やかに死なせる話し合いをしたかのような、後味の悪さだけが残った。

2　祖母の寝物語

一階のロビーは日曜日とあって静まり返っていた。

先に階段を下りた大が後続の長姉、繭子と次姉、洋子を見上げると目配せをして、ビニール張りの長椅子が並ぶ一隅を指さした。繭子に続いて洋子も一階のフロアに立ち、大が指さした方向を見ると、洋子の子の博美と陸が長椅子に横になり、口をぽっかりと開けて熟睡していた。

「疲れたんだべ、可哀そうに。時差ボケもあるしな」

と大が囁いた。

玄関寄りの片隅には小さな売店があり、日曜日にも拘らず入院患者と見舞客のために開いていて、洋子と同年代の女性が店番をしていた。その顔に見覚えがあった。そうだ、高校時代同じバスで通学していた人だ、と思い当たった。洋子たちの中学の学区より遠い町から乗ってくるその人は人目を惹く美少女だった。市内の女子高の制服を着て、いつも窓際の座席に座って窓外を見つめていた。バスに乗り込む度に彼女の存在を確認した日々がふと思い出された。何故あれ程彼女が気になったのだろう。他を寄せ付けず窓外の一点を見つめ続ける彼女の眼差しの強さに惹かれたからだろうか。二十年経ても猶、口元をきりりと引き結びロビーに降り立った洋子たちを一瞥もせず、どこか一点を凝視しているかのようにその視線は前方に向けられたままだった。自分は決して他に媚びへつらったりしない、とでもいうような彼女の真っ直ぐな頑なさを、あの頃の洋子は羨んだのかもしれない。変わらず凛とした美しい人を遠目で捉えながら、何て名前だったたっけ、と記憶を辿ってみた。確か同じ女子高に通う幼馴染から聞いたことがあった気がしたが、思い出せなかった。かと言って彼女に声をかけたい気分でもなかった。

ロビーの壁に取り付けられた大きなテレビの画面では、夏の甲子園に青春をかける球児たちが試合の真っ最中だった。ふっくらとした頬に少年の幼さを残して、純朴を絵に描いたような顔のピッチャーが、渾身の力を込めてボールを投げる。応援歌やブラスバンド、太鼓、手拍子の音が弾けるように人気のないロビーに響いた。並んだ長椅子の一つに腰をかけ、姉弟はぼんやりとテレビに目を向ける。画面から飛び出してきそうな応援席の高校生達とは裏腹に、三人は力なく座り続けた。

「このピッチャーすごいんだぞ。今年の目玉だな」

不意に大の大声がロビーに響いた。景気づけるかのように弾んだ声を上げた大を無視して、繭子は今後のことに話を移した。

「洋子、あんた一旦向こうに戻るんでしょ。それ、延ばせないの。たぶん、この先は大変だよ。寝ずの番をして、交代で母さんの傍にいなきゃなんないと思う。叔母さんにばかり迷惑かけられないしね」

「うん。とにかくお盆過ぎまではこっちにいて看病するよ。子供たちは新学期が始まるから、一度シカゴまで送って行って、また一人で戻ってくる」

洋子の夫は商社マンで、一年前にシカゴ支社に派遣された。夫に合流するために、洋子と子供たちは四月にシカゴに転居したばかりだった。アメリカ中西部の公立学校は五月半ばが年度末となるため、中学三年の博美と、小学四年の陸の現地校は既に夏休みに入っていたが、夏休み中も英語習得のためのESLクラスがあり、終了してから帰国したのだった。普通クラスに転入するのは、八月半ばの新学期からの予定になっていたが、母の矢野育のことで帰国するにあたり、九月に転入することにしたのだった。学校のオフィスに出向く必要もあり、買い揃えなければならないものもある。一度シカゴに戻り、子供たちのスタートを見守ってから戻りたいと思っていた。

「あたしはお盆まで休み取っちゃったから、今月はもう取れないなあ。あんたが居てくれるんだったら、ほんと、助かる。九月からは長く休めるようにするけどさ」

と姉の繭子。

三人姉弟は、今しがた医師から告げられた、

「この先もって二、三カ月、といったところです」

という母親への余命宣告に基づいて、それぞれの予定を考え始めていた。

長女、繭子は三人の息子を育てながら未だにフルタイムで働いている。精密機器の製品開発部に勤める夫と同じ工場で、仕上がった製品の品質チェックをするのが繭子の仕事だった。

「俺は仕事柄、しょっちゅう来れるぞ」

と、テレビに目をやったまま、大が言った。

大型トラックで長距離を走る大は、最近は仙台とこの町の近くの荷卸所を行ったり来たりしている。

「あんただけじゃなくて、奈っちゃんにも来るように言わなきゃだめよ」

繭子は、大の嫁の奈津美が今回姿を見せないことが不満だった。仮にも、矢野家の長男の嫁じゃないか、と口外に非難をたっぷり含ませた。

三人が揃ったのは何年ぶりだろうか。それぞれ、実家には一年に一度は顔を見せていたが、仕事や子供を持つ身では中々同じ時期に帰省することは難しく、父親の孝蔵の葬式、その一周忌、祖母のアサの葬式、そして一周忌と、そんな折ばかりだった。そうした帰省では弔問客の対応や儀式の進行に気持ちが行ってしまい、三人でゆっくり話す時間も取れないまま、それぞれ実家を後にしてしまうのが常だった。

彼らの母親である育は、五年前に仕事中の事故で突然夫の孝蔵に先立たれた。その二年後には九十六歳の実母、アサを看取った。程なく同居していた長男の大が、三人の子供と都会育ちの妻を連れて家を出てしまった。

「こんな所にいたって、家族を養っていけない」

という大の言い分ももっともだった。

米を作っても借金が嵩むばかりのおかしなシステムになってしまった稲作には、もはや跡を継ぐ者を惹きつける何の魅力もなくなってしまった。息子の家族が仙台に移ってしまうと、育は姥捨てにでもあったかのように、広さだけはたっぷりとある格式ばった造りの家にたった独り残された。
少年の面影を残したピッチャーが大写しになった画面をぼんやり見遣りながら、洋子は育を想った。共稼ぎだった息子夫婦に代わって孫の世話を一手に引き受け、抱いたり負ぶったりしながら育てた。潮が引くように息子家族までがいなくなり、賑やかで忙しかった日常から突然子供の声が消えた。その後のたった一人きりの生活に耐えられる育ではない。それがわかっていながら、自分は母親に何をしてやったのか。電話の相手くらいのものだ。次々にこみ上げる苦い後悔を嚙みしめた。

育は昭和五年、矢野アサの五番目の子供として生まれた。矢野家の当主であり、アサの夫であった力は根っからの遊び人で、町に出かけては花街に入り浸って借金ばかり作る男だったという。舅、姑に仕え、小作人と一緒に農作業に従事しながら、アサはたまに帰ってくる力との間に子供をもうけた。舅、姑は後継ぎとなる初孫の長男宗と、次に生まれた長女ゆきには乳母を雇う程大事にして可愛がったが、三番目以降は関心を示さず、田んぼのあぜ道に寝かせながらアサが育てなければならなかった。田畑を這い回り、馬車馬のように働くばかりで充分に目をかけてやることも出来ないまま、三人目と四人目の男児は麻疹をこじらせ、あっけなく死んでしまったという。その後に生まれたのが育だった。

力は相変わらず放蕩を続け、借金が嵩むばかりの矢野家は、そのうちにっちもさっちも行かなくなった。方策としてアサを家から出し、力の妹で当時かなりの財産を持っていたシゲを呼び寄せ、家計を建て直してもらうことにした。シゲは行かず後家だったので、力とアサの長男宗と長女ゆきは将来のために矢野家に残すことにし、アサはまだ赤ん坊だった育だけを連れて、矢野家を出されることになった。シゲが爪に火を灯すようにして蓄えた財産だけが頼りの矢野家にしてみれば、シゲが戻りやすいように、居やすいようにとの配慮だったのだろう。嫁のアサにはいやも応も口に出すことすら許されない。

今は東北の里山にある鄙びた百姓家にすぎない矢野家だが、始まりは落ち延びてきた武家の一族が住み着いたといわれ、殿様がいた本家の両脇に分家が建ち並んでいたという。力が家を出た頃もそうした体制のみが残り続けていて、近隣に住む分家の重鎮達が話し合いの席を持ち、お家存続のためにアサを出し、シゲに兄の借金を返納させて家を継いでもらおう、ということを決めたのだった。

アサが矢野家を出ていく時、八歳の宗と六歳のゆきは庭に駆け出し、田んぼを挟んだ先の農道を歩いて去って行くアサの速度に合わせて庭の境目にある松の木から松の木へ走り寄っては、母親が見えなくなるまで見送ったという。

「あれは辛かったなあ。玄関出るときは泣きもしねで見送ってくれたのに、どれだけ我慢してたんだべがなあ。心細かったべなあ。可哀そうなことしたな」

アサは後年、何度もその別れの場面を孫の洋子に語った。

その後二年程、アサは遠縁の者が経営しているという町の料理屋で、雇われおかみをしながら育を育てた。一方の力は当時ご執心だったあかねという芸者を落籍して、妹のシゲに小さな旅館を買って貰った。実家から離れた海辺の町にあるその旅館の切り盛りをあかねに任せ、自分は旦那様然として茶の間に居座った。力に旅館を買い与えたのも、矢野家重鎮たちの苦肉の策だった。そうすることで放蕩癖を改め、落ち着いてくれるだけで良かった。力は本家家長の座を妹シゲに譲り、矢野家には楽隠居した元家主といった立ち位置で冠婚葬祭時に顔を見せるだけになった。

シゲは若いうちに北海道に渡り、函館で髪結いとして修業を積んだ。独立して弟子を取りながら長い間函館で働いていた。花嫁の拵えを得意とし、他にも池坊（いけのぼう）の師範の免許を持ち、活け花も教えていた。財を貯える為に金貸しもしていたようだと言われていた。自分の才覚で生きてきた女性だけのことはあって、他人からの評判など意にも介さず合理的な考え方をした。兄の力が作った莫大な借金を返済し終わると、残された宗とゆきの行く末を考え、今更実家にも戻れないアサの身の上を案じ、ほどなくアサと育を矢野家に連れ戻した。だからといって何事も丸く収まり、揉め事がなかったわけではなかったが、アサは生涯シゲを立て、シゲを家主と仰ぐ矢野家を陰から切り盛りして働いた。

力はたまに実家に戻って来ればケロリとした顔をして「矢野家の旦那様」然として過ごし、その後アサとの間には育と一回り年の離れた末子の智が授かっている。力のような男の生き方がまだ認められた時代だった、ということなのだろう。旦那様が本家に戻る時には妾のあかねが荷物持ちとして一緒に来る。本家では力は本妻のアサと寝室を共にする。

後年、アサの部屋で一緒に寝起きしていた洋子が、幼い頃から寝物語のようにアサから聞かされた話の一端である。アサの寝物語には、子供ながら摩訶不思議で、その分忘れることのできない人間模様が多々繰り広げられた。アサは小学生の洋子に吐き出すことで、長年胸にわだかまっていた悲しみや憤りを宥めていたのだろう。話し終えた分だけ胸の内が軽くなると見え、一息つくとたちまち軽い鼾をかいて深い眠りに入っていく。祖母の話に耳をそばだてていた洋子は隣の布団でアサの鼾を聞きながら、つい今しがたまでアサによって紡がれたその人間模様を、子供なりに頭の中で再現してそのシーンに彷徨い出す。

しばらく眠りに落ちることが出来ないまま、一人、アサの語った昔話の中に取り残されるのが常だった。

育はそんな複雑怪奇な家族関係の中で成長していく。ねじれ曲がった家族関係に加え、年寄りと女、子供ばかりの家は昔日の勢いをすっかりなくし、食べるだけで精一杯だった。ちょうどその頃、隣町に住むアサの弟夫婦が下の子供を病気で亡くしてしまった。亡くなった子と同年齢の六歳になった育をことのほか可愛がり、しばらく預かりたい、とアサに願い出た。矢野家の台所事情を知った上での申し出だったのかもしれない。育は、「倹約、倹約」と、小言ばかり言うシゲが支配し、話す間もないほど家の内外で働き詰めの母のいる実家を離れ、しばらくこのおじ夫婦に育てられ、贅沢三昧の暮らしを享受して成長した。

洋子は昭和十二年頃の育の写真を見たことがある。ハイカラなワンピースや、豪華な振袖を纏って撮られた育の記念写真の中でも、特に忘れられない一枚がある。初等科の集合写真で、白黒のその写真に写っている少女たちは見るからに疲れきった絣の着物を着、三つ編みやひっ詰め髪で、黒ずんだ顔が写真全体を野暮ったく陰鬱にしていた。中には、背中に幼い弟妹を負ぶった少女も何人かいる。そんな少女たちに交じり、ただ一人セーラーカラーの白いワンピースを着、帽子をかぶっている少女が後列の左端で微笑んでいた。帽子の下からおかっぱに切り揃えられた髪がのぞき、輝くような笑顔で写っている。その一人だけ笑顔の、場違いに垢抜けた少女が育だった。

この写真を育から自慢そうに見せられた時、洋子はどう感想を述べたらいいか分からず、返事に窮したことを思い出す。一人だけそんな恰好で恥ずかしくなかったのか、と訊きたかったが面と向かうとけんか腰になりそうで、喉元まで出かかった言葉を飲み込んだ。無言で写真に見入りながら、自慢気に語る母の思い出話を聞いた。

育はよく当時を振り返って語ったものだ。

「私はねえ、あんまり物の苦労ってしたことないねえ。いっつもちやほやされて、きれいな服着せられて、美味しいもの食べてねえ」

やがて世の中が次第にきな臭くなっていく中、矢野家の長女、ゆきが隣町に嫁いで行った。夫は大きな農家の三男坊だった。初めての子供が生まれてまもなく夫が召集を受け、満州に派兵された。しばらくしてゆきはまだ乳飲み子の長女を負ぶって満州に渡り、夫に合流した。長男の宗は空軍に志願し飛行士になった。育は世話になっていたおじ夫婦の家から自宅に戻り、教師になることを夢見て女学校に進んだ。

入隊して何年か過ぎた頃、突然軍隊から戻って来た宗は、アサの元で二日間を穏やかにのんびり過ごした。そして、見送りに出たアサに片手を上げて敬礼し、笑顔で帰って行った。しばらくして舞い込んだのは、宗の戦死の知らせだった。特攻部隊の偵察機に乗り、サイパンに向かう途中で消息が途絶えたという。届いた白木の箱には紙切れが一枚入っているきりだった。一日も早く実家に戻ってもらい、本家の跡継ぎとしてすべてを任せたい、と願っていたアサの元に届いた寝耳に水の訃報だった。

宗が特攻隊に入ったなど、あり得ない。呆然とするばかりのアサの許に隣家のタミが駆け込んできた。タミは宗が生まれてしばらく、乳の出の悪いアサに代わって宗に母乳を与えてくれた、宗にとっては乳母のような存在だ。

「この間あんちゃん（宗）帰って来た時うちにも寄ってくれたから、とにかく無事で帰ってこねばなんねえど、って言ったら、あんちゃん、ポロっと涙こぼしてな、変だと思ったっけ」

と泣き崩れた。

師範学校に進んで教師になることを考えていた育は、この長男の戦死を境に自分の夢を密かに封印せざるを得なかった。終戦後、親族会議が開かれ、親戚の御隠居たちが頭を寄せ合って相談した結果、予想通り矢野家は育が相続することになり、早速婿養子をもらうことになった。末弟の智が継ぐべきではあったが、いかんせんまだ十歳にも満たない少年ではどうすることも出来ないのだった。

例によって親族会議で慎重に婿選びが行われ、十八歳の育はやがて夫となる人と祝言を挙げた。しかし、彼は農作業が向いていなかったらしく、一向に働く気構えをみせなかったため、一年と少しで離縁となった。またしても親族会議で決まったことであった。

次に選ばれた婿が洋子たちの父である孝蔵だった。隣村で屈指の豪農の五男で、三度の飯より農業が好きという働き者だった。二歳上の孝蔵はなかなかいい男で嫌いではなかったが、しばらくして育が妊娠したことを告げると、

「前の旦那の子かも知れないから堕したほうがいい」

と育に迫る親戚の重鎮たちに孝蔵も同意し、育は冷水を浴びせられたように気持ちが冷えた、と繭子と洋子が成人した後に打ち明けたことがあった。

「科学的にあり得ないのにそれはひどい。どこまで女性を侮辱したら気が済むんだ」

と、三人で憤慨して語ったことがあった。

待合室のベンチに座りながら、祖母や母から聞かされた昔話を脈絡もなく思い出していた洋子と、テレビに目を向けながらも洋子同様、自身の胸の内を見つめているかのように沈黙してしまった繭子と大は、

「帰るか」

と頷き合い、育にもう一度会って別れを告げるために病室に戻った。

叔母の喜久子は一足先に帰ったようで、病室では育が手持ち無沙汰な様子で仰向けになり、両膝を立ててブラインドを半分引き上げた窓の外を眺めていた。

「おふくろ、明日迎えに来るからな。先生とその話して来たからよ。家でみんな揃ってお盆過ごすんだぞ。楽しみにしてろや」

と、大が朗らかに声をかけると、育の顔に灯がともった様な笑顔が広がった。三人は育の手を交互に握り、病院を後にした。

大の車で、洋子たちは実家へ向かった。実家は病院のある町から車で三十分ほど離れた里山で、一面の稲穂の群れの中を縫うように乗用車や大型トラックが分け入って行く。海

原のような広がりを見せる稲田を遮るのは、立ち並び青く煙る彼方の山々だった。そして山を背にして豆粒ほどに見える人家があった。

洋子は東京に出たばかりの頃を思い出す。都内の大学に通っていた洋子は、当時は東京に住んでいた姉夫婦の住む団地に近い、小さなアパートから総武線に乗って通学していた。電車から見下ろす東京の町はビルや住宅の群れが果てなく続き、遮るものがない。その終わりのなさが洋子の不安を駆り立てた。この不安感は何なのだろうと考えて、ある時思い当たった。そう、山がないのだ。山に抱かれない東京の風景は殺伐として、どこか心許なかった。

それでも次第に東京に馴染んでいき、卒業後は都内の小さな商社に就職が決まり、東京に留まった。両親とは卒業したら田舎に帰るという約束を交わしていたが、帰ろうという気持ちにはなれなかった。希望していた職場に就職できたのだから、田舎に帰る理由が見つけられなかった。社会人になって程なく、夫となる人に出会い新しい生活をスタートさせた。

しかし、すっかり都会に馴染んでいったかというと、そんなことはない。故郷に帰る度に、とっぷりと山の懐に入り込んだような安らぎに満たされるのが常だった。

3　鳥海山の勇姿

大が運転するワゴン車は市内の狭い道路から逸れて、真っ直ぐ東に伸びる外環道に向かっていった。市内の高校に通っていた洋子には、懐かしい町並みから離れていくのが少し残念な気もした。城下町であった頃の名残はいまだに残り、碁盤の目に区切られた旧道に沿って古い商店街や住宅街がひしめいている。友人たちと笑い転げながらあてどもなく歩いた商店街に目を凝らしていた。息を潜めるようにして初めて入った喫茶店も連日チョコレートパフェを食べ続けたフルーツパーラーも、すでに見当たらなかった。

外環道は集落から集落へと繋がるバス停のある旧道とは異なり、稲田の中をノンストップで走る。繭子と洋子、博美と陸が声もなく稲穂のそよぐ窓外を見つめていると、

「ほれ、懐かしいべ。うちの田んぼ見せてやる」

と、大が大声で言いながらハンドルを切ってバイパスから逸れ、緩い坂道を下った。ワゴン車がようやく通れる幅の農道に出た。辺りを見渡すと、稲田の遥か先に洋子たちの実

家のある集落が望め、ようやく自分たちの立っている位置が確認できた。

「なんだー、もううちに近いんだ」

と洋子。

「んだよ。この辺、田植えとか稲刈りとか手伝わされたじゃん、半分遊びながらだけどな。忘れたのかよ」

「そうそう。『上手いなあ、稲刈りの天才だ』とか、あの父さんまでおだててたよな」

と繭子が遠い目をして微笑んだ。

田んぼに目を向けると、細長い葉に守られた穂先に稲の実が鈴なりにつき、膨らみ始めていた。これから刈り入れまでの三カ月ほどを経て、ふっくらとした籾に成長し、葉も籾も黄金色に変色して穂先を垂れてくるのだ。

はるか彼方まで広がる田んぼも、さらにその先で稲田を遮って折り重なり立ち並ぶ青く煙る山々も、その山々の頭上に君臨し、夕日を一身に浴びて輝く鳥海山の勇姿も、そこにあって変わらない。不変であることの圧倒的な強さに包まれ、鎧っていた気持ちがほどけていった。変わったのは死の病に取りつかれてしまった育だけだ。

「いつ来てもこの辺は同じだね」

「おう、ウンザリするほどなんも変わんねえべえ。変わりようがないんだあ」

大が大げさな溜息と共に応じた。

「田んぼに出てるのも、昔っからおんなじ顔ぶれでさ。爺ちゃん婆ちゃんになっても辞められないのさ。若いヤツはだあれも田んぼになんか見向きもしない」

大は自分のことを棚に上げて嘆いた。

「米作ったって、食っていかれねえんだからよ。田んぼ売りたくっても買い手もないんだと」

と、自嘲気味に笑った。

「そういえば、うちの田んぼは誰が世話してくれてんの」

繭子が思い出したように訊いた。とうに知っていたが、大の気持ちが知りたいのだった。

「佐山の爺ちゃんさ」

佐山というのは母の育が少女の頃に預けられていた、祖母方の親戚だった。育の従弟にあたる佐山の爺ちゃんは長男で、育より十歳は上の筈だった。

「もうとっくに七十過ぎてるんじゃない。大丈夫なの」

「まあ、今は機械だからよ、何とかやってんだべ」

と大が答え、チラッと稲田に目を遣った。

「今日も草取りに来てくれてるんじゃね。ホラ、いるよ」

目を凝らしてよく見ると、一面の緑に覆われた稲田の中にチラホラと人が見える。腰をかがめているから稲穂の中に埋もれて見えないだけなのだ。この時期、田んぼには稲によく似た雑草が同じように生い茂るので、それを手作業で除いているのだった。機械にはできないことだった。

「挨拶してったほうがいいんじゃないの」

という繭子の掛け声で、車は舗装された農道から曲がり、さらに細い砂利道を入って行った。

何枚もの稲田を遣り過ごし、やがて大はあぜ道に車を停車させた。三人で田んぼの土手を歩く。稲穂の群れの中で腰をかがめていた老人がふとこちらを見た。

「お爺さん、ご苦労様です。矢野の育の子供です。いつもお世話になってます」

大が如才なく声をかけた。

お爺さんは時間をかけて骨ばった腰を伸ばし、麦藁帽子を取って片手を上げた。真っ黒に日焼けした顔を綻ばせると、顔中が皺くちゃになった。

藺子と洋子は慌てて深く腰を折って挨拶をした。

「なんか飲み物とか、お茶菓子とか買って来るんだったね」

車に戻ると藺子がバツの悪そうな調子で言った。三人ともいたたまれない思いで挨拶だけすると、すぐに車に乗り込んだのだった。七十を過ぎた老人が汗まみれになって実家の稲田を手入れしてくれているというのに、当事者の自分達は車で駆けつけ、ねぎらいの言葉をかけるだけ。手を汚さない自分達を少なからず恥じた。

「わたし、自分の家の田んぼがこの中のどこからどこまでなのかさえ知らない。大は知ってて車を止めたからエライよね」

藺子が驚きを隠さず、大を褒めた。

「おう。あなた方と違って、親父は俺には田んぼのことは厳しく仕込んだぞ」

「跡取り息子だからね。引き継ぐものだと思ってたんだろうね」

と、洋子が見渡す限りの稲田に目を遣りながら独り言のように呟いた。

「まあなあ。親父の世代はよ、それが当たり前だったからな。田んぼさ連れ歩いて教えているつもりだったんだべな」

大が他人事のように返すのに生返事で応じながら、洋子はそこにある筈のない稲田の風景に囚われていった。

ほんの幼い頃両親の後を追って田んぼに行き、おだてられて手伝ったことはある。田植えの時期には、水田に入って苗を手植えする両親に土手から苗の束を投げてやった。刈り入れが終わった後の田んぼで落穂拾いをしたこともあった。稲刈りの終わった田んぼは土が固く乾燥し、稲の切り株が並んでいるばかりで、思い切り駆けまわることが出来た。少しばかりの落穂が入った袋を握りしめたまま、繭子や大と奇声を上げながら駆けっこをした。見上げる空は青く高く澄み渡り、空の青を背景に赤とんぼが無数に飛び交っていた。

父も母もほんの少し手伝うだけなのに、相好を崩して大げさに褒めてくれた。土手に腰掛けて、一緒に休憩のおやつを頬ばったっけ。農作業が機械化する以前の田んぼでは、農繁期には一家総出で作業をすることもあったので、姉弟それぞれに幼い頃の思い出がある筈だ。しかしそれも小学生までのことでそれ以降は田んぼのことなど考えたことがなかった。自動田植え機や、稲刈りからもみ殻を取り除くことまでできるコンバインなどの機械が導入され始め、人手をあまり必要としなくなったためでもある。母を助手にして父が機械を操作すると事足りるようになった。また、成長するにつれて山も田も畑も両親のもので自分とは関係ない、と言わんばかりに関心が薄れて行った。一切関わらずに成長したことが我ながら不思議な程だ。そこから上がったお金で大学まで出してもらったというのに。

亡くなった父の孝蔵は無口な人だった。あまり話をした記憶がない。あっても二言三言、それ以外は母を通して自分の望みを伝えるだけだった。それなのにいつも身近だったのは、父が一日の大半を田んぼで過ごしていたからだ。外で遊ぶ時、学校の行き帰り、遊んで帰ってくる道すがら、父はいつも田んぼから見守っていてくれたのだ、と今更ながら思う。現に、自転車に乗れるようになったばかりの姉が、カーブを曲がり損ねてまだ水を張った早春の田んぼに自転車ごと突っ込んだ時、真っ先に駆けつけて、泥田に突き刺さった姉を救出したのは父だった。中学生の洋子が下校時に友人と立ち止まってはお喋りし、歩き出しては爆笑してしゃがみ込み、とダラダラ歩いていると、

「みっともない」

と、夕飯の時に怒られもした。

不意に懐かしさがこみ上げた。くわえタバコで黙々と仕事をしていた父が、今も田んぼのどこかにいるようだ。田植え時と収穫時の農繁期になると父は見違えるように快活になり、楽しくて仕方がない、といった様子を取り繕うことも忘れる程米作りに夢中だった。そんな父は、今のこの現状を、どんな思いで見ているのことだろう。申し訳なさに思わず頭

が垂れた。

育のいない実家は静まり返っていた。大と陸が洋子たちのスーツケースを家の中に運び入れようと玄関の戸を開けると、何か白いものが横切った。猫だった。いや猫達だった。大と繭子の後に続いて玄関の中に入りながら、猫が三匹、犬が二匹いるのだと、以前育が電話で話していたのを洋子は思い出した。

「あんた、知ってる？　猫何匹いるか」

繭子が上がり框に腰を落ち着けて靴を脱ぎかけたまま、洋子を見上げた。

「三匹でしょ。母さん前言ってたから」

「去年の暮れに七匹生まれて、今年に入って六匹が二回。合わせて何匹？」

腹立たしげに言いながら、繭子は足を踏み鳴らして茶の間の引き戸を開け、繭子に目配せした。

中を覗いて、洋子は思わず声を上げた。

大、中、小の猫が、部屋の至る所に蹲っている。

ブチ、トラ、黒、白、様々な毛色の猫たちは、洋子たちを見ても逃げようともしない。

「全部で二十二匹いるってこと？」

「そう。そしてこの先もどんどん増え続けるだろうってこと」

「それって、近親相姦ってことだよね」

洋子がトンチンカンな感慨をもって答える。

繭子と洋子が猫達を遠巻きに眺めながら立ち尽くしている間に、大は台所から冷えたビールとコップを三個持ってくると、

「あーあ、お疲れ。まず一杯やれ」

どっかりと卓袱台の前に座り、足を投げ出した。

一休みする前に手と口を清めて座敷に行き、洋子は神殿の前に土産の菓子折りを置くと柏手を打ち、こぶしを両膝の脇につき頭を垂れた。それは幼い時から明治生まれのアサに仕込まれた習慣で、大も繭子もこの家に帰れば自然にそうした。洋子はぼんやり神殿の中に目を遣った。

「この家は神道だから、死んだらみんな神様になるんだよ。真ん中にご本尊様、右側に山の神様、左側にご先祖さまがいらしてな……」

アサの声が脳裏に蘇り、教えられたとおり、真ん中、ちょっと体をずらして右側、左にずらして左側、もう一度真直ぐに戻って真ん中と、神殿の三方を拝み、顔を上げた。今の

洋子にとっては巻き上げられた御簾の奥の暗闇に鎮座する山神信仰の神よりも、左側にいる筈の父や祖母が頼みの綱であった。

「母さんをまだ連れて行かないでよ」

と独りごちた。

洋子は田舎を離れてからも、いざとなれば帰る故郷があり実家があり、そこには喜びに顔を輝かせて迎えてくれる祖母、両親がいて、それはずっと変わらないのだ、と信じていた。

「よく帰ったね。疲れたべ、まず上がって休め」

と、満面の笑顔で肩を抱き、手に提げた荷物を洋子からはぎ取って家の中に誘ってくれる祖母と両親の待つ実家。ずっと変わらないと思い込んでいたのに、この五年の間に母だけになり、今またその母が不治の病でもう長くないという。まるで幼子に戻ってしまったかのように、ザワザワと心もとない不安がこみ上げてくるのを抑えようもなく、しばらく神殿の前に座ったまま動けずにいた。

茶の間に戻ると、卓袱台の上には漬物や枝豆が並び、繭子と大はビールを飲みながら母の話をしていた。

「どうしたのこれ。誰が漬けた？」

洋子は胡瓜の辛子漬けと茄子の塩漬けを指差して歓声をあげた。

「漬物は喜代子おばさん、枝豆は今朝隣の母さんが持ってきてくれたんだ」

大が茄子の漬物をしゃぶりながら洋子にビールをついでくれる。

「俺達はさ、三人とも親を捨てたんだべや」

「それは違うよ。私と洋子は結婚して出て行く身なんだし、私達は後継ぎのあんたがいるから、安心してお嫁に行ったんだよ」

「したけどさ、あのおふくろと一緒には住めねえさ。俺はよくっても、奈津美は酔っ払ったお袋に、子供たちを触られるのもいやだってこぼすしさ」

「でも母さんは奈っちゃん可愛がってたじゃん。あんたたちの子だって、赤ん坊の時から世話したのも母さんだし、奈っちゃんは働いてたから母さんがいてずいぶん助かったと思うよ」

「おめえらは実際に一緒に暮らしてねえからよ。何とでも言えるさ」

そろそろ潮時だった。これまで姉弟喧嘩を繰り返してきて、三人とも少しは学習していた。

大は酔って怒り出すと手がつけられなかった。父の葬式の夜、洋子が言った一言に激怒した大は、一升瓶を投げつけてきたことがあった。祖母が亡くなった後も大喧嘩したっけ。思いは同じと見え、三人は同時に我に返り話題を変えた。

「とにかく、明日はおふくろが帰ってくるからよ。できるだけ喜ばしてやろう」

大も少しは大人になった。

明日はお盆の十三日だった。

翌朝、藺子と洋子は墓の掃除に出かけた。本当はお盆前に「墓掃除」の日があり、朝五時頃から隣近所の人と共同で行うものだった。豊かな稲田を見晴らすことのできる山の中腹に、矢野家のある在(ざい)やその所縁の人々の墓があった。用水路にかかる橋を渡り、細い山道を登るとすでに墓地までの道はきれいに草刈りが施され、掃き清められていた。先祖伝来の苔むした墓石も、分家の誰かの手によってこざっぱりしていた。二人は形ばかり墓石を拭き清めて水をかけ、後は墓地からの景色を望んだ。同じように目を細めて遠くを見遣っている藺子に洋子が訊く。

「よくさあ、学校の帰りここに来なかった?」

「ああ、来た来た。お墓なのに全然平気で、石段に腰掛けて給食の残りのパンとか食べたなあ」

「見晴らしがよくて気持ちいいんだよね。それに父さんが下の田んぼにいたから安心だったし」

「そうそう、田んぼには決まって父さんいたよね」

「ねえ、母さん死んだら私たちもう帰ってくるとこなくなっちゃうね」

峻険な山頂を朝日に照らし始めた彼方の羽黒山に目を遣りながら、洋子が呟く。

「そうだよ。大達が帰ってきたら、もう他人の家だよ」

二人は不意に沈黙し、目を細めて朝日を望みながらそれぞれの想いに耽っていった。

育は智の車で昼少し前に家に帰ってきた。パジャマ姿のままで車から降り、家の前に広がる畑に目を遣った。出迎えた大と繭子、洋子に向かって、

「なーんにも植えないでしまった。ごめんね。お盆なのに茄子も胡瓜も枝豆も玉蜀黍（とうもろこし）もない。草だらけなだけだ」

そう言うと、自嘲気味に笑った。

「いいから義姉さん、早く中に入って休まないと」叔母の喜久子が母の手を引いて家の中に向かわせようとするが、育は手を抜き取るとそのままフワフワとした心許ない足取りで、畑に入って行った。

隣で育を目で追っていた洋子に、

「お母さんについていってって」

と喜久子が慌てて囁き、背中を押した。

母の行く手には茗荷の茎が丈を伸ばし、涼やかな葉を広げて群生している。

「茗荷採らないと。智が好きだから。あんた達も今晩一緒にご飯食べるんだべ」

洋子の後から育を追って来た叔父、智は返事もできず、姉を一瞥したきり下を向いた。

育は茗荷の根元にしゃがみこんだかと思うと、みるみる見えなくなった。たまりかねた洋子が近寄ると、洋子の胸辺りまで伸びた茗荷の群れの中程に子供のようにペタンとお尻をついて、育はぼんやり座っている。両手に茗荷の蕾をいくつか握り締め、焦点の定まらない視線を泳がせている。むせ返るような植物の青い香りが漂う中、育の姿が一瞬透けて見えた気がして、洋子は慌てて母を引き起こした。

4　内臓の弱い家系

なるべくみんなと一緒がいいだろう、と茶の間の隅に育のために布団を敷いた。

夜は長女・河島繭子と次女・奥村洋子親子と一緒に中座敷に寝かせることにした。茶の間の布団に育を休ませると、子猫たちがぞろぞろと布団に上がり込み、育の周りに寝そべって甘えた声を出した。育は体を横たえたまま、緩慢な手つきで一匹ずつ撫でてやっている。育の前では増え続ける猫の問題は禁句であった。

墓参りに出かける頃には、三時を過ぎてしまった。昼前に終えるのが普通だが、普通の状態ではないので仕方がない。育は繭子が用意したゆったりと着られる前開きのサマードレスに着替え、機嫌がよかった。毎日数回水様の下痢便を繰り返し、食事はほとんど受け付けないという状態の育だが、着替えて髪にブラシを当て、口紅を薄く差しただけで見違える程背筋が伸びた。高カロリー点滴の賜物だろう。

育の弟、矢野智の妻喜久子の助言を受けながら繭子と洋子が赤飯、野菜の煮物、干鱈の甘煮、果物、駄菓子、花、蠟燭、水など、墓前に供えるものを揃えている間、育は息子大に支えられて智の車に乗り一足先に墓所に向かった。繭子と洋子、喜久子の三人は荷物を携えて、のんびりと歩きながら後を追った。二軒隣の分家のトミさんが縁側に蹲るように座って、何か叫んで手を振っている。田んぼを挟んで、洋子たちも手を振り返した。

「よく来たなあ、って言ってる?」

と洋子が訊くと、

「たぶんねえ。今年のお盆はあそこの子供さんたち、帰って来ないんだと。後であんたたち顔見せてあげたら、喜ぶんじゃないの」

喜久子が育より少し年嵩のトミに大きく手を振りながら言った。トミの息子は三人で、高校を卒業した後三人とも東京近郊に就職し、所帯を持った。長男の子供はもう大学生になったとか、三男も結婚したとか、歩きながら喜久子が教えてくれた。幼い頃、一塊になって外遊びをした幼馴染達だ。

「お父さんだってもうとっくの昔に亡くなってるし。あそこもトミさん一人でこれからどうするんだかなあ」

「三人のうちの誰か帰ってこないの」

繭子が聞いた。

「結婚しちゃったら難しいんじゃない。子供さんのこともあるし。第一、ここさ帰って来たって、仕事はないいし。都会育ちの奥さんだっていうから、うまく暮らせないでしょ」

喜久子に言われて、繭子も洋子もバツが悪く、相槌の言葉を飲み込んだ。

毎日のように一塊になってそれぞれの家に出入りし、同じように怒られ、おやつをもらい、涙や洟を拭いてもらった。幼い頃に世話になったお返しは、帰省の際のささやかな菓子箱くらいのものだ。

墓所では石段に腰をかけた育の両側に智と大が立って、洋子たちの到着を待っていた。

「あなた方が喋るのに忙しくって、なかなか急いで歩けないのがここからよっく見えましたで」

と、大の憎まれ口が出迎えた。

洋子が墓石に水をかけている間に、喜久子と繭子は紙製の皿に茗荷の葉を敷いて、墓前に供えるお盆のご馳走を盛った。自分の所だけでなく、横に並ぶ分家の墓にも準備をする。花を飾り、智が蠟燭に火を点した。柏手を打って拝む。横一列に並ぶと、この家族は皆上背がある中、育だけがその横並びの真ん中で縮んだように小さく、病み衰えた様子は隠せなかった。それでも背筋を伸ばして頭だけ垂れ、無心に拝んでいる。

「洋子ちゃん、ほら、同級生の公子さんの初盆だよ。拝んできたら」

喜久子の指差すほうに目を遣ると、ひときわ華やかな拵えの墓石があった。矢野家の墓石の斜め奥に位置している。仏教の家の墓前は、お盆の拵えが華やかである。洋子は幼い頃、鮮やかなピンクのウェハースでできた飾り菓子や、濃いオレンジ色をしたホオズキの実を数珠つなぎにした他所の家の墓前を羨望の眼差しで見つめたことを不意に思い出した。

「でも、公子のお墓だなんて、嫌だよ、辛すぎるよ」

洋子はそっと呟きながら、その色どりのきれいな墓前に近づいていった。

公子は洋子と同い年だった。この小さな村で保育園、小学校、中学校を共に過ごした七十六人の中の一人だ。一緒に過ごした時期はもとより、同じバスで市内の女子高に通い、県内の短大を卒業して保育士になったことまで、よく覚えていた。帰省してクラス会に行くと、幼馴染のような同級生たちはそれぞれの無事を喜びながら近況を報告し合う。公子は幸せな結婚をしたと聞いていたが、子供を二人産んだ後、脳腫瘍があるのが発見された。手術をしてその後も治療を続けたらしいが、回復しなかった。最後に会ったのは帰省していた洋子が珍しく参加することができた同窓会の時になる。その時の公子は手術の後遺症なのか、抗癌剤のせいなのか、話しかけてもあまり反応がなかった。ただ、口元に微笑を浮かべて座っているだけで、誰とも目を合わせることすらなかった。あれから十年近くがんばって生きたことになる。春の陽射しのように柔らかな優しい公子の笑顔が浮かぶ。

「きみこ、私はまだ生きてるよ。人の命の長さって、誰が決めたんだろうね。あんたにだけは恥ずかしくないように精一杯生きるからね」

洋子自身早期胃癌の手術を受け、薄氷を踏む思いで生きてきた。もう三年、と安堵したり、まだ三年、と覚悟を新たにする日々のさなかにいる。公子に無言で語りかけながら小菊と桔梗を供えてきつく目を閉じ、手を合わせた。

その日の夕方、大の妻奈津美と子供たち、八歳の俊哉と七歳のさえ、四歳のあみが電車で仙台から到着した。子供たちを迎えて家の中は一気に賑やかになった。育は布団に横たわりながらも始終ご機嫌で、瞬きする間も惜しい様子だ。さえが自分のバッグから子供用のマニキュアを取り出し、育の爪に塗ってあげている。育はされるがままになって横たわり、大人たちが取り交わす世間話に耳だけを傾けていた。

思えば育はいつも大家族の中で暮らしてきて、こんな風に家族が賑やかに寄り集う中にいるほうが自然なのだ。大の家族が仙台に移って以降、育は一人の時間の過ごし方が解らなかったに違いない。夜になると静寂が四方から忍び寄り、きりきりと育の体を締め付ける。テレビをつけても同じことで、テレビというのは誰かと一緒に見るものだ、という認識を新たにしたに過ぎない。次第に酒の力を借りて眠りにつくようになった。あちこちに電話をかけては人を呼び、酒や肴を振舞って引き留めていた時期もあったという。呼ばれた人達は喜んで育が懸命にもてなす宴席を楽しんだ。

大はまるで自分たち夫婦の落ち度を指摘されるのを恐れるかのように、育のいない所ではこれまでの育の振る舞いを言い訳のように愚痴った。

確かに、誰かのせいにするならば繭子にも洋子にも、大にも責任はあっただろう。親のことなど少しも考えず家を出て遠くに行ってしまった、と言われれば返す言葉もない。

しかしそれ以前に、人の出入りが激しい本家の総領娘として育った育は、常に人に囲まれてちやほやされるばかりで、自分、という確たるものがなかったのではないか。分家の誰かが持ち込む相談事を一手に引き受け共に泣いたり、喜んだり、いつも賑やかな席の中心にいたが、そんな中で自分を見つめる時があっただろうか。その上、矢野シゲというやり手の叔母と働き者の実母アサに守られ、指図されて、ただ言われるままに生きてきたのではなかったか。一人で生きる術など、考えたこともなかったのではないだろうか。

洋子は改めて育という一人の女性の育ち方や生き方を突き放して考えてみて、そんな風に冷淡に捉えたりした。同時に今さら口にしても仕方がないことも充分に分かっていた。

電話口ではいつも朗らかさを装っていた育。決して丈夫なほうではなかったが、気候のいい時期は畑を作ったり、山菜を採りに山に入ったり、気を引き立てるように体を動かしていた。故郷から離れて住む子供達に採れたての野菜や山菜をせっせと宅配便で送ったりもした。しかし、冬になって雪に閉ざされ始めると、ストーブの前に座り込んだまま動けなくなった。眠れないまま、仙台にいる大や東京の洋子、福岡の繭子と、手当たり次第に電話をする。

「もうすぐそっち行くからよ。待ってれや」

と、来てもすぐに帰るくせに朗らかにとりなす大や、

「母さん、あたしなんか高校卒業して東京に出て、短大行って働いて、結婚するまでずっと一人だったよ。考えようによっては気楽でいいじゃん。だあれも気兼ねする人がいないんだから、好きなこと何でもやってみなよ」

状況もわからないまま、勝手なことを言う洋子や、

「なあに言ってんだか。母さんがうらやましいよ。私なんて、仕事して息子たちにご飯食べさして、学校のあれこれやって、寂しがってる暇もないよ。息子たちはひっきりなしに心配かけるしさあ、ローンがあるから働かなくちゃだし。母さんに手伝いに来てもらいたいくらいだよ」

と、はなから贅沢病だと思っている繭子や。ただ言いくるめるだけで早々に話を切り上げる子供たちが恨めしかっただろう。何故子供たちは母親である自分の心配をしないのだろう、と育は不思議だったかもしれない。自分の意志など露ほどの価値も持たず、育なりの夢や希望を胸の奥底にしまいこんで、家のため、家族のために生きてきた。夫は仕事一筋で、育も農作業に従事しながら、アサの助けがあったとはいえ、家事や育児に時間をとられ、分家から寄せられる相談事に応じ、一家の体面を潰さぬ付き合いも多々あって、人生は自分のためではなく、家のため、家族のために費やされた。気が付くと、子供達が独り立ちして離れていき、夫や母親を見送り、分家との付き合いも新しい世代に代わってからは、一族という意識はもはやお互いに持てなかった。

けれども自分が歳をとれば子供たちは帰って来るだろう。少しずつこの里山での生活の術を教えながら一緒に暮らし、穏やかな老後を迎えるだろう。育は漠然とそんな未来を信じていたに違いない。代替わりを繰り返しながら、いつの時代もそうやって続いてきたように、自分がアサから学んだように、子供たちも自分を見て育ち、心得ている筈だと思っていた。親子の関係が上手くいかなかったわけでもない。三人ともそれぞれ普通に親孝行で、集まれば気持ちの通い合う親子だった。

ただ、成長した子供たちの眼差しは、このぐるりの山の向こうを見つめ始めた。ここにない何かを目指して繭子も洋子も、大も旅立ってしまった。一人残された育は誰かのためにしか生きられないまま、自分以外の誰もいない家で、どう生きていけばいいのか解らなかったのだ。

もともと内臓の弱い家系なのだから、自暴自棄とも言える育の暮らしの在り様は、自殺行為ともいえた。それを阻止できなかったことを、三人の育の子供たちは今更のように悔やみ始めていた。

十三日のその夜は習慣どおりに中座敷に食卓を出し、神殿の前で夕食をとることにした。迎え盆なので、帰って来たご先祖様と一緒に、または帰って来たお祝いに、というほどの意味だろうか。隣のお寺から「東京音頭」や「秋田音頭」、「ちびまる子ちゃん」等の軽快な歌がスピーカーを通して流れてくる。十三日と翌十四日の夜は境内で盆踊りが開催されるのだ。開け放した窓から入ってくる賑やかな歌もまた、矢野家のお盆に欠かせない風物詩の一つだ。

食卓には新鮮な海の幸や、繭子や洋子にとっては懐かしい郷土料理が次々に所狭しと並ぶ。女手が多いので、台所で一緒に準備をしながら女性同士の話が盛り上がり、笑いが絶えない夜となった。

「やっぱり茗荷は採れたてに味噌だなあ」

と、智は生の茗荷に自家製の味噌をつけた好物を口に運びながら、育をねぎらった。育が嬉しそうに智の食べっぷりを見上げている。

「これ懐かしいなあ。エゴっていうんだったよね」

洋子が煮こごりのようなものを箸でつまんで、感激している。海藻を煮溶かしてコンニャク状に固めたもので、味も素っ気もないが、冷やして酢味噌をつけて食べる夏の味だった。

「洋子ってちっちゃい時から、コンニャクの煮つけだの、ところてんだの、エゴだの、身になんないものが好きなんだよねえ」

藺子が呆れたように笑うと、

「んだんだ。お振るまいの時さ、客のお膳に用意したコンニャクの煮つけをさあ、赤ん坊のこの子が一口ずつ齧っては、元の皿に戻してあって、慌てたことがあったよなあ。客が来る前に気づいたからよかったけどさ」

智が笑いながら遠くを見るまなざしで続けた。

「お前、茄子漬けばっかり食うなって。しょっぱいんだからよくねえぞ」

大が藺子をたしなめる。

「だって、漬物が美味しいんだもの。喜久子叔母さん上手」

藺子が喜久子に甘えた声を出した。

育も、亡くなった孝蔵もいける口だったので、藺子、洋子、大の三人もしっかりとその血を受け継ぎ、智をもてなしながら大分ご機嫌になっていた。

台所に引き返した奈津美が、ゆで蟹の大皿を抱えて戻ってきた。歓声と拍手が上がる。

「こっちに来る時、仙台の駅前で売ってたから。ちょっと小ぶりだけどお義母さん蟹好きだから食べてもらおうと思って」

と奈津美が言うのに、

「うちの嫁さん、えらい気が利いたじゃねえか」

と、大が上機嫌で皆を見回し、奈津美を引き立てた。

大は地元の高校を二年で中退し、三年ほど東京で働いていたことがあった。中学、高校とヤンチャばかり繰り返し、何度目かの喫煙が見つかった後退学処分を勧告された。仲間三人も同罪で親が学校に召集された時、仲間の親はそれぞれ校長に土下座して退学処分を取り下げてもらったそうだ。

しかし、育は違った。

「こんなに迷惑ばっかりかける子、もう申し訳なくて学校に置いてもらう訳にはいきません。私は退学処分を受け入れます」

と、こみ上げる涙を堪えながら、校長に訴えたそうだ。

自ら子供を産み、母親になってみると、洋子にはその時の育の気持ちが理解できない。校長先生を始めとする学校関係者や他の保護者の手前、大見得を切って見せたのか。芝居じみた振る舞いで恰好つけたのか、理解に苦しむ。自分がそんな立場になったら、泣きながら土下座してでも許しを請い、何とか卒業させるだろう、と思うのだ。

退学になった後、大は家出同然に上京し、大手の運送会社に就職して大型トラックに乗るようになった。東京の下町生まれの奈津美と知り合ったいきさつを詳しくは語らないが、その当時まだ埼玉に住んでいた繭子と、二歳になったばかりの博美を連れた洋子が奈津美に引き合わされた時には、すでに奈津美のお腹が膨らんでいた。田舎に奈津美を連れ帰り、式を挙げて実家に住むのだ、と大が嬉しそうに宣言した。二人の姉はホッとしながらも、今後の成り行きを危惧せずにはいられなかった。東京生まれの奈津美があの過疎の田舎に落ち着くことができるのか。しかも大はまだ二十歳になったばかりで、とても一家を支えていけるようには見えないのだった。

繭子と洋子の心配をよそに、大と奈津美は実家に落ち着くと次々に三人の子供をもうけた。奈津美は市内のスーパーでパートの仕事を見つけ、三人の子育ては育に任された。この時期が育にとっては一番幸福だったのかもしれない。夫の孝蔵も歳をとって若い頃よりずっと丸くなっていたし、可愛い盛りの孫たちに両手を塞がれながら、賑やかな毎日を過ごしていた。

孝蔵が事故で急死し、アサが大往生で九十六歳の生涯を閉じた後、大と奈津美にどんな心境の変化が起こったのか、誰も知る由もなかった。しかし、これから若い者が育を支えていかなければならないという時期に、この夫婦は突然子供を連れて家を出たのだった。かけがえのない夫と母親を相次いで亡くしたばかりの育にとって、その喪失感がどれほどのものだったか、察するに余りある。

奈津美という義妹はどちらかといえば口が重く、自分の胸の内を語るということがあまりなかった。時折、繭子や洋子が、

「大変でしょ。親と同居もそうだし、田舎の生活にも馴染めないんじゃない」

と幾度水を向けても、ほんわりと微笑むだけで、返事らしい返事はなかった。奈津美にすれば二人とも小姑にしか過ぎない訳で、最も煙たい相手だったのかもしれないが。

「喋らないから、何考えてんだか、わからない子でねえ」

と、育も電話口でこぼすことがあった。

そんな奈津美がこの夜は、皆と同じ気持ちで、同じ切なさで育を喜ばせることを考えている。その一点で気持ちが繋がっている気がした。洋子は不意に涙がこぼれそうになり、洗面所に立った。

5　最後の宴会

洋子が座敷に戻ると、横になって皆の宴会を眺めていた母、育が座椅子にもたれて食卓の輪に加わっていた。日中は食欲がなく、長女、繭子がスプーンで口に入れてやった二匙か三匙のお粥や汁物を摂っただけの育が、久しぶりに家に戻って感慨深かったのか、

「蟹を食べる」

と、起き上がったのだと繭子や長男の大が驚きを隠せない様子で教えてくれた。

義妹の喜久子が蟹の身を殻から外し、小皿に入れて育の前にすすめた。育はほんの僅かな蟹肉をスプーンで掬い上げると、ゆっくりと口に運んだ。そして、

「おいしいねえ、奈っちゃん」

と、言った。

「えっ、ホント。良かったあ」

大の妻、奈津美が声に安堵を滲ませて微笑んだ。

育が小ぶりのタラバ蟹の足一本分くらいをゆっくりと食べ終わると、

「義姉さん、ちょっと舐めて。毒消しだから」

と喜久子が杯を差し出す。

「ああ、大好物のものだあ」

皆を笑わせておいて、育は喜久子から差し向けられたお猪口の酒をほんの少し口に含んだ。

生魚や蟹、貝などを食べた後、食あたりを防ぐため、といって日本酒を一口飲むのは、矢野家の家庭医学みたいなものだ。洋子は結婚したばかりの頃に生牡蠣を食べた後、同じことを言いながら下戸の夫に「毒消しの酒」を勧めて、笑われたことがあったのを思い出した。それでも洋子自身は子供の時からの習慣を信じていた。

育は手を合わせて食事を終えると、喜久子の介助を受けながら再び横になった。ふと見ると、喜久子は布団に横たわった育の手を握り、もう片方の手で育の額にかかった後れ毛を優しく撫でつけている。今の育が誰よりも心を許し、甘えられるのは、もはや娘たちでも息子でもなく、この喜久子という、たった一人の弟、智の妻なのではないだろうか。市内の勤め人の家から智の許に嫁いできた喜久子は、矢野本家とは目と鼻の先の近隣の家に住み、市役所に勤める智との間に二人の子供を儲けた。農村の暮らしを手取り足取り教えたのは育だった。賢い喜久子は、「義姉さん、義姉さん」と育を頼り、また何くれと育の手助けをして、いつしか矢野家になくてはならない存在になっていた。

食事を終えた大の娘たち、さえとあみが腹ばいになって育の両側にくっついている。育の枕元には大の長男、俊哉が背を向けて座り、蟹を無心に食べていた。その時、さえが跳ね起きて、育の背中をさすり始めた。皆がようやく異変に気づいて育に目をやると、育は体を捻るようにしてうつ伏せになり、今しがたほんの少量ずつ口にした食物を、すっかり枕の上に吐き戻しているところだった。さえは育の背中をさすり続け、あみは育の隣であおむけになって手にしたリカちゃん人形をいじり続けながら、一言も発しない。俊哉は振り向くことなく蟹を食べ続けていた。

洋子の子供、博美と陸も表情一つ変えず、食事を続けていた。

育を着替えさせ、寝かしつけて、茶の間に戻ると、子供たちは風呂を終えてパジャマ姿でテレビを見ていた。親たちが育の介護であたふたとしている中、博美はさえとあみを連れて一緒に風呂を済ませたらしい。

「あんたたち、おばあちゃんが吐いた時、キャーとか、汚い、とか言わなくて、えらかったね」

と、台所の片づけを終えた繭子が、子供たちを褒めた。

「だってね、そんなこと言ったらおばあちゃん悲しいでしょ」

さえがませた口調で答えた。

「それに全然臭くないよ、おばあちゃんのゲロ」

俊哉がぽつりと言った。博美と陸も同意して頷いている。

それは本当だった。こんなに食べていないのに、と不思議になる程の量を吐いたが、育の消化機能はすでに失われたようで、吐瀉物独特の匂いがしなかった。戻した物をよく見ると、お粥や豆腐のようなものが判別できる。胃がすでに機能していない、と言った主治医の言葉に納得がいく。胃に入った食べ物は袋に物を詰めるようにそこに溜まっていき、満杯になると戻ってくる、そんな感じだった。

それにしても、子供たちの感性ってすごい。洋子は今しがた見た子供たちの、無関心を装った、祖母への思いやりに満ちた冷静さにひどく打たれた。

「フウーッ。なんか蒸し暑いなあ、今夜は。皆さん申し訳ないなあ、クーラーなくてよ。ちょっと寝苦しいかもしんねえぞ」

風呂上りの大が朗らかに茶の間に入ってきた。手に缶ビール。まだ飲み足りないらしい。この男の感性は一体……と、苦々しく思いながらも、

「だって、ここクーラー要らないじゃん、ほとんど」

洋子は開け放した窓から忍び込む微かな夜風に気持ちを向けた。裏庭の池や家の前の稲田や用水路から蛙の大合唱が聞こえてくる。それに唱和するように、かすかに虫が鳴く音もする。暑いのはここ二、三日のことで、東北の短い夏はすでに終わりに近づいていた。


翌日、朝食を終えた後、繭子と洋子は育に付き添って大の運転する車で病院へ向かった。点滴をしてもらうためだった。お盆で閉院のため人気のない待合室は、エアコンが効き過ぎてひんやりと静まり返っていた。育は昨日一日でひどく衰弱したように見えた。大に抱きかかえられるようにして待合室に入り、ソファにたどり着くと座っていることすらできず、すぐに体を傾けて横になった。育のために電話で呼び出されたであろう、年配の看護師がおっとりとした声で育の名前を呼んだ。育は繭子に付き添われて処置室に入って行った。

「ここさあ、親父が運ばれた病院だって知ってたが」

大が急に思い出したような調子で洋子に尋ねる。

「そうなんだ。この病院だったんだ。あたし、あの時も日本にいなくてさあ。ドイツから大急ぎで戻ったら、もう父さん骨になってたじゃない」

「ああ、お前には悪かったども、あの時電話で言ったように、頭から顔にかけてかなりひどくてよ。見られたもんじゃなかったから、そのせいもあってすぐ焼いてもらったんだ。ちょうどほら、あっちの処置室に運ばれてよ。警察も来て、検死やら事情聴取やらで夜中までかかったけどもな。分家の親父たちも駆けつけてくれてよ、オイオイ泣くんだ。あの飲んだくれの親父どもがよ、孝蔵、何とした、何のざまだ、ってよ」

あの時、この病院の名前を電話口で教えてもらった気もするが、はっきりとは覚えていなかった。それより、育は一体どんな気持ちでこの病院を選んだのだろう。

「母さんがここに来る、って言ったの」

「んだ。駅前の総合病院は大き過ぎていやだって言ったとか、奈津美が言ってたぞ」

「何だか、やりきれないね」

涙声になりそうで、後が続かない。

孝蔵は事故死だった。十二月の寒い霙交じりの雨が降る日、市の依頼で公園の植木の剪定に出かけた。その数日前に台風の被害を受け公園はかなり荒れていたので、その後始末もついでに頼まれていた。孝蔵の使うチェーンソーの音が、公園近くの住宅までよく聞こえたそうである。チェーンソーは休みなく唸り声を上げていた。五時を過ぎて日暮れてきても、その音は一向に止まなかった。近所の住宅に住む一人の主婦が、暗くなってもチェーンソーが鳴り止まないのを不審に思い始めた。冬の日は短く、すでに暮れ始めてきたというのにおかしい、と、その主婦はついに公園に様子を見に行った。最初、なだらかな丘の麓に転がって唸り声を上げているチェーンソーを見つけた。そして、その後方に人が倒れているのが見えた。主婦は大急ぎで家に戻り、救急車を呼んだ。救急隊員が駆けつけた時、孝蔵はすでにこときれていて、衣服に張り付いた霙の塊と同じくらい冷たくなっていた。

孝蔵の死因は、台風で倒れた木が丘の上から濡れた斜面を滑り落ち、下方にいた彼の左頭部を直撃し、抉ったためだったという。即死だったこと、仕事を始めてまもなく被害にあったらしいことなどがわかった。

孝蔵は健康で、寝込んだことがなかった。まさしく夜明けとともに起き、日没まで働いた。真っ黒に日焼けして、硬い筋肉で覆われた頑健な体をしていた孝蔵は、死から一番遠い所にいるものとばかり思っていた。それなのに六十歳を過ぎたばかりであっけなく死んでしまうなんて、誰が予測できただろう。

夫の出張について行ってドイツにいた洋子は、辛うじて納骨に間に合った。新聞でも報道された孝蔵の葬式には、大勢の人が詰め掛けた。途切れることのない弔問客の挨拶を受けても、どこかぼんやりとして座っていた育は、

「斎主にどれくらい包むんだったけか、後で父さんに聞いてみねば」とか、

「この忙しいのに、父さんどこさ行ったんだか」

と呟くように独り言を繰り返し、隣に座る繭子や洋子をギョッとさせた。

遅れて駆けつけた洋子は、孝蔵の死に顔も見なかった故か、葬儀の時には実感がなさすぎて涙も出なかった。思い切り泣くこともできないまま、ただ、足場が崩れてしまったような、心もとない喪失感を味わった。

「ああ、もういないんだ」

と、ようやく納得がいったのは、一年後の霊祭の時だっただろうか。しかし、納得はしても、本当の意味で孝蔵の死を受け入れるのには、長い時を要した。

育が入った処置室のドアが開いたことに気づいて、我に返った。

藺子が後ろ向きになって両手で母の手を握りながら出てきた。

「なにお姉さま。なしてご対面しながら歩いてんだ。おかしいぞ、その格好」

大が大声で笑った。

「エエッ。なんでなんで。どうやればいいのさ」

藺子がうろたえ、育が苦笑している。

育の頬に幾分赤みがさしていた。

「あんたは父さんに似て病気したことないから、どう付き添うかもわかんないねえ」

育はソファに落ち着くと、笑いながら藺子を見た。

帰路の途中、運転席から大が声をかけた。

「おふくろ、どごか寄って行きたいとこないか。城址公園の上さ登ってみるが」

後ろの座席に横になって目を閉じていた育から、

「窓から外見るだけでも、目が回ってだめなんだ」

と、力のない答えが返ってきた。

振り返った洋子は、窓から差し込む直射日光の眩しさをを遮るように片手を両瞼の上に置いてシートに横たわる育を見た。そんな育の隣に付き添う繭子と視線が合った。繭子は怒ったような顔で、洋子を見据えているだけだった。育のすでに絶望的な体調に対する繭子のやり場のない怒り、悔しさが洋子に痛い程伝わってきた。

家に戻ると、神殿のある中座敷に布団を敷き、育を休ませた。障子も縁側のガラス戸も開け放った。彼方の稲田からさざ波のように稲穂をうねらせて、時折風が渡って来る。渡って来た風が網戸から入り込み、涼やかに頬をなでた。夏は家の中で一番過ごしやすい部屋だ。大の子供たちは博美や陸と共に、奈津美が町のはずれにある海水浴場に連れて行ったので、家の中はけだるい午後の静けさに満ちていた。田んぼの緑のはるか彼方に、鳥海山が望めた。頂に万年雪の白を被って、「出羽の富士」と呼ばれるに相応しい美しい稜線が両裾を広げ、山肌を空色に染めている。全ての山を従えて、天上近く君臨している鳥海山は、庭の赤松の枝の遥か向こうで午後の日差しを浴びて輝いていた。

育は顔だけ外に向けてそんな風景を眺めていたが、まもなく引きずり込まれるように午睡に入っていった。布団のあちこちに猫がうずくまり、育にお相伴（しょうばん）するように目を閉じている。

茶の間に移った三人は、言葉もなくテレビの画面に目を向けた。高校野球は終盤戦を迎えている。画面に大写しになったピッチャーに見覚えがあった。病院で主治医から育の病状を聞き終えた後、待合室でテレビを見上げた時も投げていた。頰がふっくらとした朴訥な少年が、汗まみれでマウンドに立っている。

「この子、がんばってるじゃない」

洋子は独り言のように呟いたが、画面の熱狂ぶりが鬱陶しいだけで、まるで関心が持てないでいた。繭子も大も洋子同様、想像を超えた育の衰弱ぶりが応えているようで、会話も途切れがちだった。

三日間の帰宅を許された育を家に連れて帰るまでは、

「なーに、家に帰ったら元気が出るべ。病院のまずい飯だから食欲がないけども、好きなもの出したら食べるべや」

という大の言葉に朗らかに同調していたのだ。

主治医に余命三カ月と言われ、繭子は十月以降の付き添いのスケジュールを考えたりしていたが、そこまでもつのだろうか。育の容態はもっと深刻なのではないか。

三人とも同じことを考えながら、それ以上育の病状に触れるのを恐れた。繭子と洋子、大は、殊更陽気さを装って、子育ての話題に入っていった。

午後四時を過ぎると昨日に引き続き、スピーカーを通して「東京音頭」や「炭坑節」などが流れ出した。

「『東京音頭』って、なあ。考えてみれば可笑しいよな、こんな東北の山ん中でよ」

大が自虐的な笑いを浮かべて指摘した。

（この男はバカで単純で、何考えてるかわからないけど、周りの空気を明るくできることがたった一つの才能だなあ）

洋子は妙な感心をしながら大を見つめた。

「そうか、今晩は提灯行列もあるんだったね」

昨晩の盆踊りに引き続き、今夜は本堂と地続きの保育園に通う園児が中心となって、小さな子供たちだけの提灯行列が行われる。洋子たちが幼い頃は、三、四日前から盆踊りのおさらい会もあり、毎夕、スピーカーから流れる盆踊りの唄が聞こえ始めると、ソワソワと落ち着かなくなったものだった。浴衣を着せてもらいながら、

「早く、早く、早くしないと終わってしまう」

と、焦りながら嬉々として出かけたのを思い出す。

庭先で車のドアが閉まる音と共にワヤワヤと幼い声が重なり、奈津美の誰かを叱責する声も聞こえてきた。

「オッ、帰ってきたなあ、うるさい奴らが」

大が立ち上がって玄関の外に迎えに出、玄関ホールの横の中座敷から、

「お帰り」

と、育が弾んだ声で子供たちを迎える声がした。

三人の小さな子供たちは、そのまま中座敷で寝ている育の周りに座り、

「おばあちゃん、ただいま」

と、声をかける。

アイスキャンディーを手にしたあみが、一口舐めた後、

「はい、おばあちゃん」

と、育に舐めさせた。

「おお、冷たい。だけど、あみちゃんからもらったアイス、美味しいなあ」

と、嬉しそうだ。

台所にいた洋子がひと足遅れて中座敷を覗くと、赤黒く日焼けしたチビ三人、博美と陸が横並びで、申し合わせたように腹ばいになってアイスを食べている。

「ほら、あんたたち、まずシャワーしないと、盆踊りに行けないよ」

奈津美が腰に手を当てて立ったまま、子供たちを風呂場へ追い立てた。

子供たちが帰って来て、家の中はにわかに活気づき、繭子と奈津美は台所で夕食の支度を始めた。繭子は長女のプライドを忘れず、奈津美にも言うべきことははっきりと言う。そんな繭子のもとで、奈津美はちょっと緊張しながら指示に従っているのがわかる。洋子は覗き見て、繭子の毅然とした態度に尊敬の念を抱いた。そこへ行くと、次女で三人姉弟の真ん中の自分は、気を遣ってばかりで、言いたいことも言えない。いつも相手の気持ちを汲み取り、推し量りしながら話して疲れるのだった。長女って偉いなあ、と見遣った。

子供たちを盆踊りに連れて行きたい奈津美は、海からの帰り道に買い揃えたコロッケや、スパゲッティ・サラダ、肉団子などのお惣菜で早めに夕食をさせた。大人のためには、刺身の盛り合わせを用意していた。奈津美が子供たちを見ている間、繭子は台所で不機嫌そうに、味噌汁や煮物、サラダなどの準備をしている。置いてきた家族を想っているのかもしれない。

育は茶の間に移って、子供たちが食べるのを楽しそうに見ていた。さえがコロッケを育の口に入れてやったりしている。

夕食が終わると、奈津美が子供たちの浴衣を出してきた。和裁の得意な育が縫って持たせたものだ。育は子供たちの着替えをしばらく見ていたが、

「おばあちゃんも盆踊り行こうかなあ」

と言い出した。

「大丈夫なの母さん。行くんだったらみんなで行くよね」

藹子が不安を隠せない顔で、全員を見渡した。

盆踊り会場は隣ではあるが駐車場からしばらく歩き、石段を上ってまた歩き、さらにまた石段を上って境内に至る。

「したら、みんな車で行くべや」

と大が言うのに育は手を横に振って、

「なーに言ってる。いつも裏から近道してってたの忘れだが。すーぐそこだ」

と、歩いて行くと言ってきかない。

結局、可愛い浴衣姿の子供たちと奈津美は石段を登って表門から入ることにし、繭子、洋子、大の三人と洋子の娘、息子は、育を見守りながら裏の林を抜け、直接境内に入る近道を行くことにした。育は誰の手も借りず、ゆっくりではあるが自分で歩を進めて行った。

しかし、家の横道からお寺の境内に至るまでには杉林の中の細い山道を通らなければならない。舗装されていない上に、緩やかな勾配もあり、おまけに日が暮れてきた。

「まったく、しょうがねえなあ」

大がため息を一つつき、母親の前に回ると背中を向けてしゃがんだ。

「ほれ、負んぶして行ってやるぞ」

「そうだ、そうだ。母さんには頼りになる息子がいたんだった」

「ああ、大さんの存在を忘れてたー」

繭子と洋子は軽口を叩きながらも心底安堵した。

大の気が変わらぬ内に、とでもいうように、繭子と洋子は急いで育を両側から支え、大の背中に育を被せるようにして負ぶわせた。育の胸の静脈に入っている高カロリー点滴の針が抜けてしまわないよう注意する必要もあり、繭子と洋子は大に再三注意を促し、煩（うるさ）がられた。

6　子供たちの提灯行列

広い境内の中央にやぐらが組まれ、最上階には四人の太鼓打ちが座り込んで、軽快に撥(ばち)を振り上げては打ち下ろしているのが遠目にも見て取れた。その下の舞台はひときわ明るく、揃いの浴衣を着た踊り手が、振りかざした手を動かしながら輪になって踊っている。やぐらのてっぺんから放射状に張られた電線に数え切れない程の提灯をぶら下げて、その下に見物人が群れている。子供向けに「おどるポンポコリン」とか、「ドラえもん音頭」などが流れ、会場は賑やかだ。育と一緒にゆっくりと人の群れに向かって歩いた。しかし、育は境内の端に位置する保育園の玄関前まで来ると、

「ここでいい。ここから見るべ」

と、大に負ぶわれながら、目の前にある砂場の端に置かれた大小の庭石を指さした。庭石の上には松の枝が差し掛けられたように伸びている。

「え、ここ」

繭子と洋子は戸惑いながらも、低い方の庭石の上に持参したタオルを敷き、大の背後に回って両側から育を支えると、ゆっくりと庭石の上に座らせた。

姉弟で育の両隣にしゃがみながら境内の中央に目を遣ると、踊りの輪はだんだん膨らんでいき、三重になってやぐらの周りを囲んでいる様子が見えた。内側の小さい輪が子供専用らしく、女の子たちの浴衣がひときわ華やかさを提供している。

「母さんほら、さえちゃんとあみちゃんが踊ってる。見える？」

洋子が指差して問いかけると、その先を育の目が追った。二人とも小さな手をひらひらさせながら、やぐらの上の踊り手を見上げて一生懸命に真似ている。白地に赤い花柄の浴衣を着たあみと、紺地に白や赤や黄色のトンボ柄の浴衣のさえが長めの両袖と、ピンクや赤の帯を揺らしながら踊るさまは、なんとも愛らしく、思わず微笑んでしまう。

踊りの合間に、子供たちによる提灯行列があるのも昔と変わらない。

小学生の低学年までの子供たちが小さな花提灯を持って会場を回り、お釈迦様に提灯の灯りをお供えする、というお寺ならではの意味があった。

「おっ、さえとあみも並んでるぞ。あみはお母さんと一緒に歩くんだべ」

と、大がやぐらの奥の本堂前に集まっている子供たちを見遣って、呟くように言った。

すべての灯りを消した暗闇に和尚様の感謝の祈りが厳かに響き渡り、練り歩く子供たちが捧げ持つ提灯の灯りのみが数珠つなぎになって、漆黒の闇を彷徨うかのように流れて見える。園長先生でもある和尚様がお釈迦様の教えを説き、五穀豊穣を祈念し終わると、境内は再び明るくなった。

ふと隣の育を見ると、滂沱の涙を拭こうともせずひっそりと泣いていた。洋子がそっとハンカチを握らせると、

「孫が可愛すぎて、涙が出たあ」

と、泣き笑いの顔で照れた。

洋子には育の心情が痛いほど伝わってきた。

孫も可愛かっただろうが、毎年八月十四日の夜を過ごしたこの境内には思い出が詰まっているに違いない。過ぎ越したこの夜の思い出が、浮かんでは消えていったのではなかったか。アサに抱かれて来た幼い日から、若い娘の頃を意識しながら踊った娘時代、婦人会の一員としてやぐらの上で踊った夏、繭子も洋子も、大も、育に手を引かれて提灯行列に加わった。夏に帰省した折には、繭子や洋子の子供達、そして大の子供達。まるで回り灯籠のように、浮かんでは消え、消えてはまた浮かぶ懐かしい歳月が、華やかに鮮やかに、

育の瞼に浮かび上がったのではなかったか。

盆踊りが終盤に差し掛かった頃、育は両脇の繭子と洋子に支えられながらも、裏の森を抜ける近道をしっかりと自分の足で歩いて家に戻った。


明けて十五日は送り盆である。

長女の繭子が朝方の新幹線で帰るため、育の枕元に座った。埼玉にある夫の恵一の実家へ挨拶に寄ってから、その日の夜の便で福岡へ飛ぶのだという。

「じゃあね、母さん。一旦帰るからさ。楽しかったねえ、今年のお盆はさ。みんな一緒で、母さんも病院から帰って来られたから良かった。この調子で、早く退院しないとね。いつまでも寝てらんないよ」

威勢良く声をかける。

「あんたもう行くの。恵一さんの実家さ持って行く日本酒持ったか。恵一さんも好きだから、重たいけど忘れねで持ってってな。ハタハタの干したのも持たせればいいんだどもな」

寝床に臥しながら娘に持たせる土産の心配をしていた育は、動けない我が身が恨めしいといわんばかりの表情をして眼をつぶった。元気だった頃の育は、繭子や洋子の帰り支度に合わせて、地酒やハタハタの一夜干し、裏山で採れた山菜の缶詰、地元産のメロンなどを用意してはダンボールに詰め、宅配便を呼んだものだった。

「大丈夫だよ、母さん。喜久子おばさんがみんな用意してくれたんだよ」

「重かったら、宅配便で送ればいいな」

「オーケー、オーケー。来月また来るからさ」

繭子が育の手を握っていうと、育は子供のようにコックリと頷いた。

見送りに駆けつけた智と喜久子、大一家、洋子と子供達に、

「それじゃあ、九月の末に戻るけど洋子、それまで頼んだよ。智おじちゃん、喜久子おばさん、お世話になりっぱなしだけど、母さんをよろしくお願いします」

繭子が頭を下げると、涙もろい智夫婦は口元を引き結んで何度も頷いた。

大が車を回し、繭子は窓から手を振りながら、稲田に挟まれた一本道をみるみる遠ざかっていった。東の羽黒山には、頂上の少し上に姿を現し始めた朝陽が背後からギラギラと照りつけ、今日も暑い一日になりそうだ。

素麺と野菜の天ぷらで昼食を終えると、今度は大一家が帰り支度を始めた。

育を気遣った智と喜久子が点滴に付き添ってくれ、育の不在の間に出発するように取り計らった。小さな孫たちとの辛い別れと、その後の育の寂しさを思い遣っての事だった。洋子は子供たちにお小遣いを握らせると手を振って車を見送り、家の中に戻った。ここ何日か人で溢れていた茶の間や中座敷には、ついに居場所を取り戻したかのような静寂が満ち満ちていた。

この家で、家族に見送られることはあっても見送ったことは稀だった。たとえ誰かを送り出したとしても、洋子が実家に住んでいた頃にはまだアサがいて、孝蔵と育がいて、大がいた。その中の誰かしらが必ず一緒に見送ったから、全く一人で家の中に引き返したのは初めてのことだ。身が竦むほどの静けさは、広すぎる家の間取りからも来るのだろうか。育はどうだったのだろう。母親のアサや夫の孝蔵がいた時は、

「やれやれ、行った、行った」

と半ば安堵していたかもしれないが、一人になってからは。ほんの二、三日里帰りしては戻っていく子供たちを一人で送り出す育は、静まり返った家の中に戻るのが辛かったに違いない。記憶の中の育はたった一人で見送る時も、満面の笑顔で手を振ってくれた。自

分の生活や仕事ばかりが大事なことで、送る側のことなど考えもしなかった自分は、なんと身勝手だったことだろう。

「仕事だから仕方がない」

「だんな様の都合だからさ」

ダメ出しの正当性を言葉尻に含ませて、威張って育に何度言った事か。育はその都度、

「せば、仕方ねえなあ」

としか言わなかった。

次々に家族を見送るばかりで、ついには一人になってしまった育は、不治の病に体を蝕まれる程淋しかったのだと今更のように気づく。開け放した玄関からひと筋の風が吹き込み、がらんどうの茶の間を抜けて裏山に吸い込まれて行くのを、洋子は呆然と立ち尽くしたまま見送った。


点滴を終えた育を乗せて智の車が一本道を入ってきた。

車には博美と陸も同乗している。退屈な二人は智の車に乗って市内まで行き、複合型ショッピングモールで降ろしてもらい、育が点滴を受ける間ブラブラしていた筈だ。智と

喜久子に支えられながら、育が中座敷に入り布団に横になった。博美と陸は智にハンバーガーとフライドポテトを買ってもらい、中座敷に持ち込んで、ポテトをつまみながら買い込んできたコミックを広げた。

匂いにつられて、

「何だか美味しそうな匂いがするなあ。お祖母ちゃんにちょっと食べさしてみて」

と、育が顔だけ子供たちに向けて言う。

「うん。美味しいよ、お祖母ちゃん。食べてみて」

と言いながら、博美が育にポテトを一本差し出した。

「美味しいね」

と、満更でもない顔で立て続けにポテトを二、三本食べ、

「おばあちゃんハンバーガーも食べたことないから、食べてみる」

と、言う。

洋子はハラハラと見守っていたが、点滴のお陰で食欲が出てきたのかもしれない、と思い直し、黙って見守ることにした。博美がハンバーガーを手で器用にちぎり、育に渡している。

「あら、美味しいねえ」

と、二口、三口食べたかと思うと、残りを洋子に差し出した。手を拭いてやり、休ませようとタオルケットを引き上げると、育は素直に目を閉じた。しばらくすると、やっぱりえずき始めた。うつ伏せになって枕に顔を当てている。

「母さん、大丈夫」

と、背中をさすり、枕の上の吐しゃ物を見た。大の子供たちが言っていたように、消化液で溶けている様子もなく、匂いもせず、きれいな色のまま、驚くほどの量が盛り上がっている。もう誰も慌てることもない。

ぬるま湯で口をすすがせ、顔を拭いてやると、

「ありがとね」

と育は呟き、そのまま目を閉じた。

思い返してみると、育が食べる気になるのは決まって高カロリー点滴後のことで、若干の体力と共に食欲が呼び戻されるようだった。

繭子や大の家族が帰った翌日、十六日は、ついに育が病院に戻る日だった。

朝から神殿の前に座り、手を合わせたり、両手を膝前についてお辞儀をしたり、育は、長い間無心に祈っていた。そして、智の迎えを受け、車に乗り込んだ。この三日間で育はかなり衰弱したように見えて不安だったので、洋子は内心ホッとしながら病院に戻る育に付き添った。病室に入ると、早速主治医がやって来て育を診察した。その後高カロリー液点滴のための針を交換するようで、若いもう一人の内科医がやって来て、育の胸元の静脈に新しい針を差し込もうとした。しかし何度刺し直しても針が静脈を捉えることが出来ないようで、次第にいら立ちを隠せない声で育に注意している。

「だからね、楽に呼吸してて。変に力入れないで」

と、育のせいとばかりに畳み掛けて言うのが、廊下で様子をうかがう洋子にも聞こえてきた。まるで神経を逆撫でされるような不快感に襲われ、怒りが込み上げた。

ようやく管を育の胸元に繋いで内科医が出て行った後、育のベッド脇に戻ると、血液混じりの点滴液が滲んだ寝間着の襟元やシーツが、痛々しさを一層募らせて見えた。

「大丈夫、痛かったでしょ」

と、怒りを抑えながら畳みかけると、

「なーんもだ。こんなもの、大したことねえ」

育は弱々しく笑って目を閉じた。

その夜、智の迎えで病院から実家に戻った。そのまま自宅に戻る智を見送った後、暗闇の中にひっそりと静まり返った実家の佇まいに洋子は一瞬怯んだ。玄関の引き戸を開け、明かりを点けて縁側に目を遣ると、育の猫たちが寝そべったまま顔を起こして、こちらを見ている。

「やあ、ただいま。お腹空いたでしょ」

と猫に挨拶し、一緒に病院に出かけた博美と陸に、

「スパゲッティでいいか」

と声をかけた。

病院での医師の振る舞いに鬱々としていた気分を振り払うようにして野菜を刻んでいたところ、大から電話が入った。

「おう、何としてだ。急に三人になって、淋しいべ。子供らと一緒に泣いてんじゃねえか。お母さんなんだからな、お前が真っ先に泣くんじゃないぞ」

と、少し酔っ払った声で偉そうに軽口を叩いた後、

「俺らもよ、明日そっち戻るわ。お前一人じゃ不自由だろうし、おふくろ見て来てさ、もうあんまりもたないいんじゃねえか、って話してたんだわ」

と言う。

「奈津美もそうした方がいいって言うしよ。職場に事情を話して、取り敢えず八月いっぱい休みもらったんだと。子供らも夏休みはもうすぐ終わるけども、みんな祖母ちゃん子で育ったからよ。ちょっと学校休ませたって、まだ大したことねえしな」

自分は仙台と実家を行ったり来たりするわ、と、大きな声で立て続けに喋る。

「それは有難いなあ。私も子供達も、今夜は怖いくらい静かだねえ、ってちょっと心細かったところ。第一何するにも車がないから不便で。智おじちゃんに頼ってばっかりいられないしね」

洋子は思わず弾んだ声を出して感謝を伝え、電話を切った。

連日病院に通うとして、博美と陸をどうするか、それも気がかりの一つだった。二人だけで留守番させるのも病院に連れて行くのも、ちょっと可哀そうかな、と考えていたところだ。

「俊君とさえちゃんたち、明日からまたここに来るって」

受話器を置いて、早速子供たちに伝えると、

「へえー、そうなんだ、良かったー。また賑やかになるね」

と、博美が声を弾ませて言い、笑顔になった。陸も顔を輝かせた。


大の家族を迎え、洋子は奈津美と交代で病院通いを始めた。奈津美の車を借りて病院まで運転するのも慣れてきた。点滴で痛み止めを入れているせいか、育は眠っていることが多く、フッと目覚めては枕元に洋子や奈津美を認めると安心したように微笑み、機嫌が良かった。また智と喜久子も足繁く通って育を喜ばせた。


洋子は、育の枕元に座ると、先ず入れ歯を外させ、歯磨き用のカップに入れた。初めて病室を訪れた時、口元から覗く育の入れ歯がひどく汚れているのが気になって、すぐに外させて洗った。

「汚いのに悪いね。中々頼めなくてね」

と、育は恥じるように言いながらも喜んだ。

育は六十代後半であるが、歯槽膿漏がひどくて五十代に入ってすぐに、自分の歯は一本残らず抜かれてしまっていた。

「ああ、気持ちいいなあ」

と、歯磨き粉をつけて磨いた入れ歯を喜んだ。

洗面所に行く回数も多い。水様便が何度も出る。二十四時間入りっぱなしの点滴の袋が下がっているスタンドを育が片手で握りしめ、歩く時の支えにするので、空いている方の片手を握り、背中に手を回して育の肩を抱き洗面所まで歩く。個室のドアの外で待っていると、

「洋子、せば、この後どうするんだっけ」

とポツンと訊ねて来る。

便器に座って用を足している間に、その先どうしたらいいのか解らなくなるようだ。

「母さん、お尻拭いたの。拭いたら立って、パンツとズボンを上げるんだよ」

そう声をかけてから個室のドアを開けると、育は、用を足したままの姿勢でまだぼんやりと座っている。

その眼はもはや何も映らないかのように空虚で、ガラス玉のように動かない。

ある日、育の傍に付き添いながら雑誌を眺めていると、

「洋子、ちょっと胃の辺りが凝って苦しいから、トクホン貼って」

と午睡から目覚めた育が言う。

言われたままにサイドテーブルの引き出しを開けると、貼り薬が入っていたので取り出した。

「母さん、これどこに貼るって」

「うん、胃の上さ貼って」

と、言いながら、寝間着の裾を引っ張り上げた。

洋子はたちまち心臓の鼓動が早鐘のように忙しなく音を立てて打ち出すのを自覚した。

「触ってみて」

育が掠れ声で囁くように促す。

恐る恐る、むき出しになった育の腹部に目を遣ると、胃の部分にすでに白い貼り薬が貼ってある。片手でそっと触ると、重ねて貼られたトクホンが分厚く硬く手に触れた。よく見ると、三、四枚重ねられているようだ。

「何とだ。凝ってるべ」

と育がさらに返事を促しながら、洋子の表情を窺っている。

貼り薬の上からそっと押してみると、そこはトクホンのせいばかりではなく、内部に石のようにびくともしない、固いものが潜んでいる手応えがあった。

「母さん、もういっぱい貼ってあるから、全部剥がして新しいの貼ろうか」

と言うと、

「ううん、そのままにしておいて。その上さ貼って、ちょっと揉んでけれ」

育の言いなりにトクホンを上から重ねながら、今度は突然可笑しくなってしまった。胃の上にトクホンって、しかも同じ場面をトクホンの数だけ繰り返したということか。困惑しながら必死にトクホンの重ね貼りをする家族の姿が浮かび、笑い声が漏れそうになるのを必死でこらえながら、洋子は、新しく貼り重ねたトクホンの上からそっと患部をさすった。そして、今度は泣きたくなって喉が塞がり、自分の情緒不安定さに呆れた。

育が自分の病気を知っているのは当たり前だった。かつて父親の力は胃癌、姉のゆきは大腸癌を患って死んだ。病院に泊まり込み、付きっきりで看病したのは育だった。癌の病状については誰よりも詳しい筈だ。育は洋子を試したように同じ会話をしてトクホンを貼らせ、患部を触診させて、相手の反応を窺っていたのではないだろうか。まるで、自分の病状について真実を告げようとせず、逃げてばかりいる周りの人間を試そうとするかのように。

八月二十五日は、洋子と子供たちの復路の飛行機がシカゴまで飛び発つ日で、後五日と迫っていた。

育の病状は、痛み止めと高カロリー輸液によって一応の安定を見せている。子供たちだけでシカゴに帰すことも考えたが、アメリカの現地校の普通クラスに移る彼らのことが気がかりだった。せめて手続きを終え、一週間でも子供たちが通学に慣れるのを見届けてから育の元に戻ろうと考えた。

智夫婦や大の家族も納得してくれたので、アメリカに戻る準備を始めた。

そんな洋子の様子を見ながら、

「洋子ちゃん、病院で一泊してお母さんに付き添ってあげたら」

と、喜久子が言う。

「お母さん淋しがり屋だから、なんぼ喜ぶべなあ」

「病院って、今でも家族が泊まったりしていいの」

と洋子が訊くと、

「いいのよー。看護師さんに言えば布団も貸してくれるから、お母さんのベッドの横に敷けばいいよ」

　と言う。

　その日は日曜日だった。珍しく智夫婦と大夫婦も揃ってお茶を飲んでいた時にそんな話になったのだ。もう病室は夕食の時間だろうか。育は気持ち程度に整えられたお粥の膳を、どれくらい食べることが出来たのだろう。日曜日の夕方は病室が賑やかだから、そうと決まれば早く行ってやらなければ、と気持ちが急かされた。奈津美に博美と陸を頼み、博美と陸には叔母さんたちに迷惑かけないように、と小声で釘を刺した。

　大の車で病院に向かう道中、

「今頃、母さん淋しがってるね。日曜日の夕方ってさあ、見舞客が一番多い時だから、人恋しくなるんだよね」

　と洋子が呟くと、

「ほおー、さすが入院のプロ。よく知ってるな。お前もホント、どんだけ入院したんだ。しょっちゅう倒れては病院入ってたよな。正直、もうダメなんじゃないかって、何度か思ったよ」

　と大。

「そうだね。今こうしていられるのが不思議だよ。自分に未来があるなんて、あの頃は想像できなかったな」

「案外、お前みたいのが一番長生きすんじゃね」

「あんたのように大声でいつも元気なのが意外にポックリ逝ってか」

憎まれ口を叩き合っているうちに、病院に着いた。


育のいる部屋は引き戸が開けっぱなしになっていて、それぞれのベッドに見舞客が訪れてザワザワしていた。育のベッドを見遣ると、案の定、育はベッドの上で上体を起こし、向かいの老女の許を訪れている見舞客に関心を奪われている。若い夫婦と小さな女の子が向かいのベッドを取り巻き、女の子が何か言っている。それを聞いて、老女も若い夫婦も忍び笑いをもらしている。育はその様子を食い入るように見つめ上体をそちらの方向に傾け気味にして、つられるように笑顔を作っていた。

「母さん」

「おふくろ」

二人で同時に声をかけた。

呼ばれた方を向いた育の目が二人を認めると、青白くやつれ切った育の顔に、明かりが灯るような笑顔が広がった。

「何したって。こんな時間に二人で来たの」

と、嬉しそうに言う。

「おう。アネキが今晩ここに一泊するって言うからさ」

大がそう応えると、

「あら、ほんと。んだば、ナースステーションさ行って、布団借りねばなあ」

「おう。俺頼んで来るわ」

と、大が出て行き、一揃いの寝具を抱えて戻ってきた。育のベッド脇の床にシートを敷き、そこに布団を置いた。

「そしたら、俺もう帰るわな。明日仕事だからよ。喋ってばっかいないで、早く寝ろよ」

と言い置き、大は病室を後にした。

7　白い闇

育は洋子が一晩病室に泊まっていくことが解ると、生気が戻ったように表情をやわらげた。洋子はベッド脇に折り畳み椅子を広げて座ると、育の手を握った。しばらく実家の猫や犬、孫たちの様子を話して聞かせた。

「昨日、子供たちが庭の松の木の下に集まって長いこと動かないでいるから、何してるのかと思ってそうっと近づいて行ったら、一斉に振り向いて、『シーッ』って人差し指で口を押さえるの。こっちも慌てて片手で口を押さえてそろそろ近づいたらさ、松の木肌にヤゴが張り付いていて中からオニヤンマが出てくるのを、息を殺して見てたのよ、みんなで。しばらくして、すっかり殻から抜け出したオニヤンマが、フワーッと飛び立っていくのを見送って、一斉に『ハアー』ってため息つくの。いい光景だったなあ。この子たち、贅沢な時間を過ごしてるなあ、って思った」

と、洋子はその時の光景をありありと思い出して、尚も感慨に浸りながら育に語って聞かせた。育は仰向けになったまま、遠い目をして穏やかな笑みを浮かべた。

消灯時間が近づいたので、お手洗いに付き添った。洗面所には、同じように就寝の支度をする患者が集まっていた。育は口をすすぎ、タオルで顔を拭き、洋子に髪を梳いてもらうと、トイレを済ませて部屋に戻った。枕元の壁に取り付けられた小さな常夜灯だけにして育を休ませた。まだ九時前だった。さすがに洋子は眠れなくて、サイドテーブルに置いてあるスタンドを下に降ろすと、バッグに入れて来た文庫本を読み始めた。どれくらい時間が経っただろう。育に名前を呼ばれて顔を上げた。

「どうした。どっか苦しいの」

と、囁くと、

「あんたの時は、入院してすぐ手術したのに、なしてここの先生、私の手術してくれないんだかね」

育がしっかりした声で洋子に訊ねてきた。

洋子は思わず、四方のカーテンを引いた四角い隠れ家を見回した。そこには育と洋子しかいない。嘘はつかない、少なくとも自分だけは育に対して正直でいよう。

「そうだね。この間先生と話した時、手術は出来ないって言ってたけど、もう一度確かめてみるね」

枕元に屈んで育に顔を近づけてそう言うと、洋子はあらぬ方向に視線を漂わせている育の眼差しを捉え、手を握った。

「母さん、ごめんね。一緒にいてやれないどころか、遠くに引っ越しちゃって。何もしてあげられないね」

と、思わず本音が出た。おまけに子供に戻ったかのような泣きっ面になってしまった。

「なーに言ってる。嬉しいもんだよ。自分たちも行ったことがない遠い外国さ行って頑張ってると思うとな。父さんもあんたたちが最初にドイツさ行った時、会う人会う人に自慢そうに言ってたっけ。あの熱ばっかり出してた弱い子がな、ってよ」

夫のお供でドイツについて行っただけなのに、孝蔵は確かに電話口で喜んでいた。

「うちじゃあ誰も行ったことがない外国さ行くんだな」

と、嬉しそうに弾んでいた父の声が蘇る。

そしてそれは孝蔵が洋子に語った最期の言葉になった。ドイツから戻る前に孝蔵は死んでしまったのだ。

洋子は病弱な子供だった。すぐに高熱を出して寝込み、なかなか熱が引かなかった。育に負ぶわれて、あちこちの病院で検査をしたが、原因はわからなかった。

熱が出ると、唯一食べられたのは、育が口に運んでくれるミカンの缶詰だけだった。冷たくて、甘酸っぱくて、熱に浮かされた意識が呼び覚まされ、まるで薄雲が途切れたように冴え渡る気がした。幼い頃のことを想う時、ミカンの缶詰の味覚が口腔内に蘇ってくる程だ。

布団に横たわって一日を過ごす生活が当たり前だったから、それ自体を辛いと感じたことはなかった。天井板のシミや、丸や楕円形の節目を繋げてウサギやリスの家がある村や、友達ばかりが住む町を作り、そこで繰り広げられる物語を頭の中に描いて遊んだ。陽射しが射し込む小さな窓の障子の向こうにも、様々な想像の世界を作り上げてはブツブツとセリフを呟いて飽きることがなかった。

寝ていることより辛かったのは、洋子の枕元に座り込み、途方に暮れている育を見ることだった。

小学生になっても身体の不調は続き、その都度育に負ぶわれ、あるいは手を引かれ病院に通った。検査室の大型医療機器に乗せられ、ふと部屋の隅を見ると、こぼれ落ちそうなほど涙をためた育が、じっと自分を見つめている。涙と共に育の目にあったのは悲しみではなく、諦めだった、と洋子は思い起こす。育は当時、すでに洋子の命を諦め、覚悟を固めていたに違いない。

欠席せずに学校に行けたのは中学時代だけで、高校生になると再び繰り返し入院するようになった。ひどい貧血で倒れ、内臓疾患もあり治療に時間を費やしたが、根本的な原因はわからなかった。それ以降も何度か倒れては入院を繰り返し、学業も仕事も二の次になってしまい、諦めざるを得ないことの多い人生だった。

それでも人並みに結婚し、子供を二人授かったが、再び体調不良となり、早期胃癌と診断されたのは、子供たちが小学生になった頃だ。入院と同時に患部を除去する手術が行われた。育が上京して子供たちの世話をして学校に送り出した後、毎日病院に見舞ってくれた。慣れない都会で、病院に通うだけでも大変だっただろう。育も丈夫な方ではないので、病室を訪れる育の顔が日を追って疲労の色を濃くしていくのを見ては、早く快復しなければ、と焦ったことを思い出す。

育が言う、「あんたの時」というのは、その時の事だった。洋子の胃癌はすぐに手術で取り除いてもらい、助かったではないか、と。自分の病状がどの程度なのか解っていたにしても、洋子に訴えずにはいられなかったのだろう。

育のベッドの足元に横になっても、なかなか寝付けず、幼い頃の育との思い出に浸っていた時、

「トイレに行ってこようかな」

と、独り言のように育が呟いた。一寝入りして目覚めたのか、眠れないでいたのかはわからない。上体を起こして育のベッドを見上げると、半身を起こした育が洋子に背を向けている。胸に繋がれた細い管を手繰り寄せながら点滴液の袋が下がったスタンドを片手で摑もうとしているところだった。洋子は薄掛けをはねのけて起き上がり、ベッドの反対側に回った。

「ごめんね。起こしたね」

と言う育の脇の下に手を入れてベッドから立ち上がらせ、スタンドに寄り掛かるようにして歩を進める育を反対側から支えた。病室を出て廊下に出ると、向かいのナースステーションのカウンターに明かりが灯っているだけで、看護師の姿は見えない。足元を照らすぼんやりとした常夜灯が灯った廊下を横切って、はす向かいにある洗面所に向かおうとし

ていた。洗面所のドアの隙間から、蛍光灯の白々とした明かりが洩れている。育は立ち止まったまま歩みを止めてしまった。

「流れが速くて、渡れないなあ」

ポツリと呟いた。

洋子は育と共に病室を出た所で立ち止まり、常夜灯の鈍い光を照り返しながら真っ直ぐに横たわる廊下を見遣った。ふいに、それは廊下ではなく、育と自分は今、茫漠とした川のほとりに立っているかのような錯覚に囚われた。この川を渡ったらどこに行くのだろう。育と自分は今、賽の河原に迷い込んだのかもしれなかった。

洋子は育の片手をしっかり握り直し、

「大丈夫。一緒に渡るから怖くないよ」

と、育を促しゆっくりと歩を進めた。

あたかも足首の辺りまで水に浸かってしまったかのように、足元を掬い取ろうとする邪悪な水のうねりを払うかのように、育を庇いながら注意深く渡った。

私はそれでもいいのだ、洋子は声に出さずに呟いた。

物心ついた時から、死はとても身近だったのだ。薄暗い部屋で天井を見上げながら、そこに行きたいと望んだのではなかったか。生きることも死ぬことも本当の意味は解らなかったが、もう終わってしまったらいいのに、と願ったのだ。小学生になっても育に負ぶわれながら、手を繋がれながら、家族に不安の影を落として存在し続ける自分を持て余していたのではなかっただろうか。そして、人を恋する年頃になってさえ、ふと川のほとりに佇む自分に戻ってしまうのをどうすることもできなかったのだ。傷つけることはあっても、人を愛することなどどうして出来ようか。いつも漠然とした不安と寄る辺のない孤独を抱えていた。そんな自分を宥めるだけで精一杯だったのだ。

「洋子、せば何とすればいいんだっけ」

洗面所の個室に入った育が、間延びした声で困惑気味に呼んでいる。

洋子は煌々と輝く蛍光灯の下で我に返った。

慌てて個室のドアを開けると、まだ下半身を晒したままで育がぼんやりと座っている。

ベッド脇の戸棚から持ってきた濡れティッシュで育の下半身を拭き、立ち上がらせて下穿きと寝間着のズボンを押し上げた。

「さあ、部屋に戻るよ」

弾みをつけた声で言い、育の手を握った。

八月もあと三日で終わりという早朝、洋子と博美、陸の三人は荷造りを終え朝餉の食卓に着いた。

大の息子俊哉と長女のさえが、食卓の隣に設えられた折り畳み式テーブルで、夏休みの宿題をしている。

「もう学校始まってるんだけどもよ、夏休みの宿題終わってない小学生が二人。絵日記終わってから朝ごはんだからな」

大が長男と長女を横眼で睨みながら、監視している。

(どの口が言ってるんだか)

洋子は大をチラリと盗み見て笑いを噛み殺した。

必死な顔で絵日記をまとめて書いている甥と姪を前に余計なことは言うまい。気付いた大が、文句あるのかよ、とでも言いたげな顔を洋子に向けているのを黙殺した。

その時、玄関ホールの隅にある電話が鳴り響いた。

「私が出るよ」

洋子たちのために朝食の膳を整えてくれた奈津美にそう告げて、玄関ホールに出て受話器を持ち上げた。

「洋子だか。お義父さんに日本酒買ってってな。うちの名前言ってツケてもらえばいいからよ」

育だった。

「どうした、母さん。公衆電話まで歩いてきたの」

あの病棟のどこに公衆電話があったっけ、と混乱して慌てる洋子に尚も、

「酒屋で売ってる山菜の缶詰でも、漬物でも、買って行って。何にも用意できなくて悪いね」

と、弱々しく謝る。

「うんうん、ありがとう。買って行くからね、もうベッドに戻って」

育が安心するようにそう言うと、

「わかった。気いつけてな」

「またすぐ戻って来るからね。待っててよ」

育の傍に看護師が付き添ってくれていることを願いながら、受話器を置いた。

新幹線に乗る前にもう一度育の顔を見たかったが、駅まで送ってくれる大もそのまま仕事に行くので言い出せないまま、駅で降ろしてもらった。

「じゃあ、母さんを頼んだよ。奈っちゃんにもよろしく言ってね」

「おう、わかってるよ。お前たちもよく頑張ったな、ご苦労さん。博美ちゃん、陸も、チビたちの面倒見てもらって、ありがとうね」

大が博美と陸を労い、片手を上げながら遠ざかって行った。

滑るようにホームに入ってきた新幹線に乗り込み、ぼんやりと窓の外に目を遣った。後ろ髪を引かれる思い、とはこのことか。窓の外に広がる、少し黄色味を増したように見える稲穂の群れがみちのくの夏の終わりを告げていた。

その夜は千葉にある夫の実家に帰った。孫たちが帰るのを首を長くして待っていた義父母と一晩過ごし、翌朝、予約していたタクシーに乗り込み、成田空港に向かった。

八月末のこの時期、空港は混雑している。洋子たちと同様に一時帰国して夏休みを日本で過ごした海外在住の親子連れが、休暇を終えて戻る時期だった。長い列に並んで出国手続きをした。

シカゴに戻って一週間が過ぎた。洋子は自宅がある学区の高校と中学校に転入する子供たちの手続きに追われていた。

学生課のオフィスに行って、様々な転入手続きの書類を提出するが、何より重要なのは予防接種の証明書だった。必要とされる接種が一つでも欠けていれば、転入はおろか、学校の敷地内に入ることすら許されない。日本での接種証明の履歴を提出すると、学校側で求める追加接種が必要なものが二、三あった。接種の年数や回数が日本とアメリカで違っていたり、日本では求められたことのない予防接種もある。先ずは地元の病院でそれらの接種を済ませた。そして、自宅に最寄りのスクールバスの乗降場所や時間を確認し、登校日に備えた。また、学用品やバックパックなどを買い揃えに行ったりしているうちに九月に入り、アメリカでの学校生活がスタートした。高校生の博美は、

「何だか面白そう」

と興味津々だが、陸の方はムッツリと黙り込み、

「よくわかんない」

と、反応もそれぞれで異なった。

洋子も子供たちのスケジュールに合わせて落ち着かない日々を過ごしていた。

明け方、夢を見た
霧が立ち込める白い世界を歩いていた
誰かと手を繋いでいる
少し熱を持ち、温かくてサラリと乾いた手
霧が濃すぎて、顔が見えない
しかし、手の感触でわかっていた
与えすぎて、許しすぎて、乾いてしまった
母の手
私たちは何も話さない
しかし、行先はわかっていた
ほら、やはりその先には川が横たわっている
たっぷりと広い川の向こう岸は、見えない
茫漠とした白い闇
川面から白い蒸気が絶え間なく立ち上っている

ふいに手を離されて、私は迷子のようにうろたえる
しかし、もうわかっていた
繋いでいた手にかすかなぬくもりを残したまま
私たちは永遠に別れた

目覚めると、ドーム型に嵌め込まれた天窓から真っ白な空が見えていた。垂れこめた雲は低く、白い霧がモヤモヤと湧いているように見える。ぼんやりと、夢の続きのような白い夜明けを見つめていた。隣のベッドでは、夫がまだ深い寝息を立てている。

ふいに、階下の電話が鳴った。受話器を取る覚悟はできていた。

「洋子ちゃん、ごめんね。お母さん逝ってしまったよ」

おばの喜久子だった。

「コーンスープを少し飲んで、あんたたちの名前を順番に呼んで、機嫌よく笑って逝ったよ」

喜久子は涙声でそこまで言うと後が続かず、鼻をすする音だけが聞こえてきた。

「わかった。ありがとう喜久子おばさん、最期まで側に居てくれたんだね。大変だったで

しょう。すぐ帰る手配するね」

いつしかすでに気持ちの準備はできていたのだ。驚くほど冷静に対応している自分がいた。

シカゴを発った飛行機は徐々に雲海に入り込んだ。窓の外にまた白い闇。しかし、すぐに一片の雲もない青空に突き出た。飛行機は青一色の空を分け入って行く。果てのない広がりと深さを湛える天空に育を感じる。洋子は覗き続けている小さな窓の向こうに育の魂が降りてきたらいいのに、と願った。そんな筈はない、育はすでに洋子の想像を超える更なる高みに昇って行ってしまったのだから。そう思いながらも、洋子は窓にそっと手を押し当てた。

夜更けの病院で育と手を携え、一緒に川を渡って「あちら」へ行ってもいい、と願った一瞬が蘇った。

(だから私が戻る前に一人で逝ったんでしょ。

大丈夫なのに、ちょっと弱音を吐いただけなのに。

わかってるよ。

まだまだそっちには行けないもの。
私も母親なんだからね。）

父の孝蔵の時と同様、空を飛んで、電車から新幹線に乗り継ぎ、タクシーを拾って育の待つ実家に帰るのだ。

家に着く頃にはとっぷりと日が暮れて、育の骨壺が安置された実家だけが、真っ暗な里山の中で家中の明かりを灯していることだろう。次第に近づく明かりを見つめながらだんだん覚悟が固まって来る筈だ。白い布に包まれて祭壇に安置された育を見上げ、智夫婦や繭子や大の家族と泣いたり笑ったりしながら、育を送る儀式を執り行うのだ。育を孝蔵とアサの許へと送ってやらなければならない。家や田んぼや山林が見えるように、遥かな山の連なりと、その上の鳥海山や出羽三山が望めるように、あの高台の墓地に送って行くのだ。

解説　生と死の混じり合った境界「白い闇」を生き抜く人

小島まち子『白い闇――ひと夏の家族』に寄せて

鈴木比佐雄

1

秋田県由利本荘市出身の小島まち子氏が四冊目の著作物である『白い闇――ひと夏の家族』を刊行した。一冊目の『アメリカ中西部に暮らす――Dear Friends』と二冊目の『懸け橋――桜と花水木から日米友好は始まった』は、米国インディアナ州とバージニア州に合計十七年を家族四人で暮らし米国人と親しく交流した経験や、日米友好の民間人の百年を越える歴史を桜と花水木を通して記したエッセイ集だった。三冊目の『残照――義父母を介護・看取った愛しみの日々』（二〇二一年四月）は、千葉県に暮らしていた義父母の介護を通して個性を尊重する家族の在り方や終末医療の今日的な問題を記したノンフィクション的な小説だった。

本書『白い闇――ひと夏の家族』は、小島まち子氏の故郷である秋田県由利本荘市を舞台とし、スキルス性胃癌で余命三カ月と言われた母を看取るために、一時帰国したひと夏の出来事を描いた小説だ。主人公の奥村洋子が、子供の博美と陸を伴って米国シカゴのオヘア国際空港を飛び立ち、真っ青なミシガン湖の果ての水平線の美しさに遭遇する場面から物語は始まる。小島氏の眼差しには、地球という大いなる自然を眺めると、逆に自然から見つめられて、自らがその自然の悠久の時空間に生かされているかのように、謙虚で純粋な思いが感じ取れる。小説というフィクションではあるが、作者の小島氏が自らの経験から真実を語るのだという強い思いが伝わってきて、信頼できる文体であると気付くのだ。

2

本書は「1　ミシガン湖の水平線」、「2　祖母の寝物語」、「3　鳥海山の勇姿」、「4　内臓の弱い家系」、「5　最後の宴会」、「6　子供たちの提灯行列」、「7　白い闇」の七章から成り立っている。七章の中から特に心に刻まれた箇所を要約したり、また引用をして、小島氏が主人公や登場人物たちに託した思いを辿ってみたい。

「1　ミシガン湖の水平線」では、洋子と子供たちが北米大陸、太平洋、日付変更線を越えて本州の海岸線が見えてきて十三時間のフライトが終わり、その後に東北新幹線で秋田に着き、すぐに母の病院に行き家族・親族と再会する。そして母の病状が手術もできない危機的なものであることを医師から告げられて、残りの日々を「これが最後のお盆になると思いますから、おうちで皆さんと過ごすのがいいでしょう」という医師の助言を受けて、母に病名を告げないで、母が猫と一緒に暮らしていた実家に戻り、三日間母を家族と過ごさせることにした。洋子と子供たち以外の主な登場人物は、母の矢野育と事故死した父の孝蔵、母を看病する母の弟の智と妻の喜久子、実家を離れて仙台に暮らす長男で弟の矢野大と妻の奈津美とその子供たち、長女の繭子、そして亡くなった祖母アサの寝物語に出てくる祖父の力などの親族や分家の人びとだ。洋子は「何だか三人の独断で母親を密かに、速やかに死なせる話し合いをしたかのような、後味の悪さだけが残った」と複雑な思いを呟くのだ。

「2　祖母の寝物語」では、洋子が子供頃に祖母アサから聞いた祖父母の時代の今では信じられない話が詳細に語られている。落ち延びてきた武士の一族の矢野家は、祖父母の時代に、祖父の力が放蕩を繰り返して行き詰まった時に、矢野家の分家の重鎮たちが集まり苦肉の策として、函館で髪結いや生け花などで成功し財力のある力の妹のシゲを呼び寄せて、矢野家の当主にさせて借財の整理をさせた。力には実家から離れた小さな旅館を与えて執心だった芸者を落籍して切り盛りをさせるようにし、アサは長男の宗や長女のゆきを矢野家に残して、末の娘の育だけを連れて遠縁の料理屋で雇われおかみとさせられた。母の育は、アサの弟夫婦が子供を病気で亡くし、困窮していたアサを助けるために育を預かりたいと申し出てきたのを受け入れて、育は何不自由なく大切に育てられた。母の育は親族の思惑の中で翻弄されてきた。さらにアサの長男の宗が戦死した後には、また重鎮たちが集まり育に婿養子の孝蔵を迎えて矢野家を引き継がせた。そんな祖父母の時代の人間模様を洋子はアサから毎晩聞かされて育った。働き者の父の孝蔵は稲作や山仕事をして家を盛り立てていたが、山で不慮の事故で五年前に亡くなってしまい、その後に母アサも亡くなり、また長男の大夫婦も農業に見切りをつけて仙台に転居してしまった。大家族で生きてきた育は、たった一人になり淋しさが募り、食生活も乱れて酒で紛らわせるようになっていった。そんな母の淋しさを思い、洋子は米国での暮らしのため受け止め切れなかったことを詫びるのだった。小島氏はこの「祖母の寝物語」でかつて武士の一族が秋田県南部に土着していった歴史の中で、生かされてきた先祖の人びとの有りのままの姿を描こうと試みたのだろう。

「3　鳥海山の勇姿」では、《はるか彼方まで広がる田んぼも、さらにその先で稲田を遮って折り重なり立ち並ぶ青く煙る山々も、その山々の頭上に君臨し、夕日を一身に浴びて輝く鳥海山の勇姿も、そこにあって変わらない。不変であることの圧倒的な強さに包まれ、鎧っていた気持ちがほどけていった。変わったのは死の病に取りつかれてしまった育だけだ。／（略）／亡くなった父の孝蔵は無口な人だった。あまり話をした記憶がない。あっても二言三言、それ以外は母を通して自分の望みを伝えるだけだった。それなのにいつも身近だったのは、父が一日の大半を田んぼで過ごしていたからだ。外で遊ぶ時、学校の行き帰り、遊んで帰ってくる道すがら、父はいつも田んぼから見守っていてくれたのだ、と今更ながら思う。》と言うように、父と母が稲作などの農作業や山仕事などをしながら、洋子たち三人を育ててくれた感謝を伝えている。病んだ母は帰宅すると、「茗荷採らないと。智が好きだから。あんた達も今晩一緒にご飯食べるんだべ」と言い、茗荷の群れの中に入っていき座り込み、最後まで家族をもてなす思いで動き始めるのだ。

「4　内臓の弱い家系」では、《けれども自分が歳をとれば子供たちは帰って来るだろう。少しずつこの里山での生活の術を教えながら一緒に暮らし、穏やかな老後を迎えるだろう。育は漠然とそんな未来を信じていたに違いない。代替わりを繰り返しながら、いつの時代もそうやって続いてきたように、自分がアサから学んだように、子供たちも自分を見て育ち、心得ている筈だと思っていた。親子の関係が上手くいかなかったわけでもない。三人ともそれぞれ普通に親孝行で、集まれば気持ちの通い合う親子だった。／ただ、成長した子供たちの眼差しは、このぐるりの山の向こうを見つめ始めた。ここにない何かを目指して繭子も洋子も、大も旅立ってしまった。一人残された育は誰かのためにしか生きられないまま、自分以外の誰もいない家で、どう生きていけばいいのか解らなかったのだ。／もともと内臓の弱い家系なのだから、自暴自棄とも言える育の暮らしの在り様は、自殺行為ともいえた。それを阻止できなかったことを、三人の育の子供たちは今更のように悔やみ始めていた。》と言うように、洋子たち三人は育の本当の淋しさの意味がようやく理解できたのだろう。小島氏はこの問題が後継者のいない日本の農業の在り方や、里山で暮らす人びとがいなくなり地域文化・地域経済が衰退していくことの構造的な問題を自らに突き付けるように問うているように考えられる。また「内臓の弱い家系」の母の育の病状を洋子自身も抱えており、母にも心配を掛けてきたが、その母の病状が危機的なものとなり、母を助けることができない痛切な思いに駆られるのだった。

3

「5　最後の宴会」では、《家に戻ると、神殿のある中座敷に布団を敷き、育を休ませた。障子も縁側のガラス戸も開け放った。彼方の稲田からさざ波のように稲穂をうねらせて、時折風が渡って来る。渡って来た風が網戸から入り込み、涼やかに頬をなでた。夏は家の中で一番過ごしやすい部屋だ。大の子供たちは博美や陸と共に、奈津美が町のはずれにある海水浴場に連れて行ったので、家の中はけだるい午後の静けさに満ちていた。田んぼの緑のはるか彼方に、鳥海山が望めた。頂に万年雪の白を被って、「出羽の富士」と呼ばれるに相応しい美しい稜線が両裾を広げ、山肌を空色に染めている。全ての山を従えて、天上近く君臨している鳥海山は、庭の赤松の枝の遥か向こうで午後の日差しを浴びて輝いていた。／育は顔だけ外に向けてそんな風景を眺めていたが、まもなく引きずり込まれるように午睡に入っていった。布団のあちこちに猫がうずくまり、育にお相伴するように目を閉じている。》と言うように、育が生涯にわたって見続けてきた故郷の最も美しい光景である、万年雪を被る鳥海山（「出羽の富士」）を眺めながら午睡してしまう様子を静かに描写している。この場面はこの小説の中でも、弟夫婦や子供や孫に見守られながら、育の魂が故郷の山河と一体化していく最も美しく、救いを感じさせる箇所だろう。

「6　子供たちの提灯行列」では、《「母さんほら、さえちゃんとあみちゃんが踊ってる。見える?」／洋子が指差して問いかけると、その先を育の目が追った。二人とも小さな手をひらひらさせながら、やぐらの上の踊り手を見上げて一生懸命に真似ている。白地に赤い花柄の浴衣を着たあみと、紺地に白や赤や黄色のトンボ柄の浴衣のさえが長めの両袖と、ピンクや赤の帯を揺らしながら踊るさまは、なんとも愛らしく、思わず微笑んでしまう。／踊りの合間に、子供たちによる提灯行列があるのも昔と変わらない。／小学生の低学年までの子供たちが小さな花提灯を持って会場を回り、お釈迦様に提灯の灯りをお供えする、というお寺ならではの意味があった。／「おっ、さえとあみも並んでるぞ。あみはお母さんと一緒に歩くんだべ」／と、大がやぐらの奥の本堂前に集まっている子供たちを見遣って、呟くように言った。／すべての灯りを消した暗闇に和尚様の感謝の祈りが厳かに響き渡り、練り歩く子供たちが捧げ持つ提灯の灯りのみが数珠つなぎになって、漆黒の闇を彷徨うかのように流れて見える。園長先生でもある和尚様がお釈迦様の教えを説き、五穀豊穣を祈念し終わると、境内は再び明るくなった。／ふと隣の育を見ると、滂沱の涙を拭こうともせずひっそりと泣いていた。洋子がそっとハンカチを握らせると、／「孫が可愛すぎて、涙が出たあ」／と、泣き笑いの顔で照れた。／洋子には育の心情が痛いほど伝わってきた。／孫も可愛かっただろうが、毎年八月十四日の夜を過ごしたこの境内には思い出が詰まっているに違いない。》と言うように、育は長男の子供二人の可愛らしい踊りをみて、洋子たち三人の子供時代の姿を想起して、「滂沱の涙」が流れてきたのだ。小島氏は「五穀豊穣を祈念」する祭が、その地域をかつて支えていた多くの人びとの魂の再生や救済を願う祭でもあることを伝えているのだろう。この祭の場面は最も感動的であり、洋子たち三人の子供は最後に寄り添うことができた母への恩返しを込めているように感じられた。

最後の「7　白い闇」では、洋子はお盆の祭の後に米国に子供たちと戻り、新学期の準備をしていた時に夢を見た。そして次のような詩的表現でしかその思いを小島氏は表現できなかったのだろう。

明け方、夢を見た
霧が立ち込める白い世界を歩いていた
誰かと手を繋いでいる

少し熱を持ち、温かくてサラリと乾いた手
霧が濃すぎて、顔が見えない
しかし、手の感触でわかっていた
与えすぎて、許しすぎて、乾いてしまった
母の手
私たちは何も話さない
しかし、行先はわかっていた
ほら、やはりその先には川が横たわっている
たっぷりと広い川の向こう岸は、見えない
茫漠とした白い闇
川面から白い蒸気が絶え間なく立ち上っている
ふいに手を離されて、私は迷子のようにうろたえる
しかし、もうわかっていた
繋いでいた手にかすかなぬくもりを残したまま
私たちは永遠に別れた

この「霧が立ち込める白い世界を歩いていた／誰かと手を繋いでいる」という夢の世界は、何か究極の別れの世界を予感させる。「顔が見えない／しかし、手の感触でわかっていた」という表現から体温だけが手から伝わってくる。その「温かくてサラリと乾いた手」は「母の手」でしかありえない。母と私は何も話さなくとも、「行先はわかっていた」のだ。たぶん母が渡っていく別れの川なのだろう。川面から立ち昇る「茫漠とした白い闇」とはホワイトアウトのような彼岸の世界の入口なのだろうか。それが見えてきた時に、「ふいに手を離されて、私は迷子のようにうろたえる」のだ。洋子にとって母が消えていった瞬間であり、母の死を夢で告げられて「私たちは永遠に別れた」瞬間だったのだろう。いやもしかしたら、母は洋子を生の世界においていくために手を離したのかも知れない。米国にいる洋子と母の育は、最期まで手をつないでいたが、別れの時が到来したのだ。

夢から覚めると洋子は、おばの喜久子から「洋子ちゃん、ごめんね。お母さんは逝ってしまったよ」という電話があった。それから洋子は再びシカゴから飛行機に乗り日本に向かうが、その機体が雲海に入るとまた「白い闇」を感ずるのだった。最後の場面近くに次のような記述がある。

夜更けの病院で育と手を携え、一緒に川を渡って「あちら」へ行ってもいい、と願った一瞬が蘇った。

（だから私が戻る前に一人で逝ったんでしょ。
大丈夫なのに、ちょっと弱音を吐いただけなのに。
わかってるよ。
まだまだそっちには行けないもの。
私も母親なんだからね。）

主人公洋子は米国に戻る前に母の病室に泊まった際に、《夜更けの病院で育と手を携え、一緒に川を渡って「あちら」へ行ってもいい》と願ったことを想起した。それ故に母は「私が戻る前に一人で逝ったんでしょ」と自らに納得させている。小島まち子氏は生と死の混じり合った境界を「白い闇」とイメージして、人びとが様々な困難な情況を生きる際に、「白い闇」を見つめるだけでなく、そのただ中で精一杯生き抜くことの意味を私たちに伝えてくれている。

あとがき

　私の故郷は本作と同じ、秋田県由利本荘市である。

　由利本荘市には日本海に面した海沿い地域と、山を背にした山沿い地域があり、天気が異なるので、天気予報も、「海沿いでは…、山沿いでは…」と、分けて発表される。生家があるのは山沿い地域で、なだらかな裏山から続く山道を登っていくと、代々受け継がれてきた杉林が延々と続く。丁寧に下刈りされ、余分な枝を取り払った杉の木はどれも天に向かって真直ぐに、整然と立ち並んでいた。

　子供の頃、父と母が杉山に下刈りに行く時は姉と一緒に両親について行った。木立の隙間からスポットライトのように陽光が斜めに差し込んでいる森は、神々しい静けさに満ち満ちていた。幾筋もの光線を追いかけて走り回った。杉の落ち葉が降り積もった地面はふかふかと柔らかく、両親と共に昼食のお弁当を囲んだ後は、決まって姉と二人莫蓙の上で寝入ってしまう。人里離れた隠れ家のような林の中で、若い両親は惜しげもなく笑い声を上げた。当時家には大叔母、祖母、母の弟である叔父が一緒に暮らしていて、なかなかの大家族であり、その上分家の誰かしらが必ず出入りしていて賑やかな家だった。入り婿だった父にとっては、気詰まりなことも多かっただろうと想像する。

子供たちだけで山に入ることもあった。春にはふきのとうや蕨やぜんまい、姫竹、さしぼなどを遊びながら摘む。収穫した山菜の入ったリュックを受け取ると、大叔母や祖母が大仰に喜んで早速あく抜きをし、翌朝には調理して食卓に載せてくれた。「たくさん採ったなあ、美味しいなあ」と大げさに褒められ、生活の一翼を担ったかのような誇らしさと喜びを感じたものだ。

両親は杉林の手入れや稲作で忙しく、祖母たちは畑で野菜を作り、煮たり干したり漬けたりで忙しいので、同じ境遇の子供たちは年齢に関係なく一塊になって遊んだ。その中に発達障害を持つお姉さんがいて、年齢は十七、八歳だったのではないかと思う。彼女は無類の子供好きで、子供たちはもれなく彼女にお世話になった。いつもニコニコと子供に向き合い、どの子も分け隔てなく抱いたり、負ぶったりしてくれた。泣き出してしまう子供がいると、必ずその子の目線の高さでしゃがみ、涙や洟を拭いてくれる。そしてジャンプするように弾みをつけて背中を向け、機嫌が直るまで負ぶってくれるのだった。私が小学生になった頃、彼女は突然いなくなった。母親が亡くなった後、長兄のお嫁さんが彼女を毛嫌いして市内の施設に入れてしまったのだという。忽然と消えてしまった彼女を、後々、折に触れて思い出した。負ぶってもらった時の彼女の項の匂いや、髪の毛をまとめた輪ゴムなどを長い間忘れずにいた。

農家では子供たちも作業に駆り出されることが多かった。春には裏山の竹林から収穫したタケノコを何本かずつ、差し出した両腕に載せられ、農作業小屋まで運ぶ。夏の終わりは畑からやはり農作業小屋までジャガイモ運び。白菜や大根も運ぶ。トラクターや三輪車、小型トラックが普及するまで、人手は多いに越したことはなかった。

収穫の秋が終わると、冬は待ちきれないとでもいうように、駆け足でやってくる。大雪に備えて窓や出口を囲うため、薄暗い家の中で過ごすことが多い日々。父は干した稲藁で縄を編んだりしながら、相変わらず農作業小屋にいることが多く、母は冬の間のみ、郵便局の二階にある一室に電話交換手として雇われていた。

祖母たちは針仕事に精を出す。昼食を終えると、その日の縫物を持参して近所のばばたちがやってくる。彼女たちは薪ストーブの燃える温かい茶の間には決して入らず、台所から続く板の間の広間にある囲炉裏の周りに座り込む。姉は茶の間で幼馴染とこたつに入っ

て遊んでいる。私は祖母の隣にくっついて座り、
「針が危ないからあっち行ってれ」
と半分邪険に追い払われながらも、そのままの姿勢で辛抱強く待つ。燃え盛る薪から炎が立ち上がり、黒いなべ底を嘗め尽くすように纏わりついている。

しばらくよもやま話に余念がなかったばば達が、一瞬静まり、それから始める。

「むがし、あったどな」

聞こえるや否や私は膝を折り、背筋を伸ばす。

それは「一寸法師」、「安寿と厨子王」、「かぐや姫」等の、ばばたちの「昔語り」だった。物語は一人のばばが始め、しばらくすると隣のばばに引き継がれ、とローテーションで廻っていく。秋田の方言で紡がれる昔ばなしだ。中でも一番興奮するのは、「さるかに合戦」だった。火が燃え盛る囲炉裏にあたりながら聞いているのだから、臨場感に満ち満ちていた。今にも熱い栗が飛び出してきそうで、ちょっと後ずさりしてはばばたちに笑われた。

母屋から離れた所には、小さな掘っ建て小屋のような建物があり、そこには「今井さん」と、大人も子供も呼んでいたおばさんが一人で住んでいた。今井さんは東京から疎開

してきて我が家の離れのような小屋を借り、そのまま居ついてしまったらしい。

「家族の誰とも連絡が取れないんだと」

と、祖母が言う。終戦になっても肉親と連絡が取れず、行くあてもないまま居続けていた。今井さんは綺麗なおばさんだった。うちの畑を少し借りて、和服にモンペ姿、手拭いを頬かむりして野菜を作っていたが、色白で目鼻立ちが日本人形のようで、畑にいるのが場違いな様子が子供の目にも明らかだった。誰かと仲良く話すということもなく、一人で淡々と暮らしていた。祖母の飼っている鶏の卵を買いに、三日に一度くらいは母屋の玄関に現れるのだが、ニコニコ笑いはするが、必要以外のことは話さない。しかし、家族も近隣の人々も、優しく見守っていた気がする。私が保育園に通い始めた頃、今井さんは東京に戻って行った。親戚筋の人とようやく連絡が取れたらしい。今井さんはニコニコと笑顔で何度も何度もお辞儀をして遠ざかって行った。

小さい頃は「お乞食さん」もよく来た。秋田の方言では「やっこ」と呼んだが、祖母や母は子供がそう呼ぶと嫌な顔をした。中でも、すっかり汚れてしまった白い服にモンペをはいた女性はいまだに思い出せるくらい記憶に残っている。いつも祖母や母が見つけるまで玄関の脇に立ち尽くしていた。祖母は中に入るよう促し、大急ぎで大きなおにぎりを作

り沢庵を添えて女性に差し出し、

「まずこれ食べで待ってれや」

と三和土（たたき）に座らせる。その間に大きな塩むすびを三個握り、沢庵（たくあん）を添えて経木（きょうぎ）に包んだものを持たせて、

「まだ来（け）な」

と送り出す。

「戦争で一人になってしまったんだべ。可哀そうにな」

と、独りごちながら見送るのが常だった。

終戦からすでに十四、五年経っていても、そんな人々がいたのである。


小学校へ入学した頃、父は農閑期の冬の間、同じ村の農家の主人達と一緒に出稼ぎに行くようになった。関東地方の工事現場で働くのだという。出発を前にした父も、後に残る母や祖母も、

「冬は雪が消えるまで何もすることがないからなあ」

と、作り笑顔で子供たちに説明した。

小学二年生の時は、出稼ぎに行っている父親たちに向けて応援の手紙を書くことを奨励された。生徒それぞれで書いた手紙は学校経由で父親たちのもとに届けられた。雪が消え、種籾の植え付けを始める時期になると、父親達は一斉に帰って来る。両腕いっぱいに荷物をぶら下げて近づいてくる父親を待ちきれず、家からの一本道を駆け出して迎えに行った。父も小走りになりながら満面の笑顔だった。父が出稼ぎから帰った後、我が家にはテレビが据え付けられ、洗濯機が届いた。大喜びでテレビを見るばかりで、慣れない都会で肉体労働をしていた父を想像することも、労うこともなかった。無知でいられた幸福な子供時代だった。

本文の舞台は私の生まれ故郷であるが、今ではすっかり様変わりしてしまった。かつて実家の庭越しに望んだ、果てなく続く一面の稲田を一文字に横切って、堤防のようにうずたかく土が盛られ、その上をバイパスが通った。鳥海山は辛うじて山頂を望むことはできるが、以前の景観には二度とお目にかかれない。バイパスを通過していく車の騒音は凄まじく、昼夜を問わず聞こえてくる。夜通し聞こえた蛙の合唱も、もう聞くことは叶わない。しかし、それもまた人生の一環なのだろう。時は流れを止めず、人も物も移ろっていくのが道理なのだから。

せめて、この本の中に閉じ込めておこうと思う。不変の心象風景とそこに生きた愛しい人々を。

最後に本書、『白い闇』の出版に際して貴重な助言を賜り、解説文を執筆いただいたコールサック社の鈴木比佐雄氏、校正・校閲をしていただいた座馬寛彦氏、装丁デザインを担当された松本菜央氏、並びに鈴木光影氏に心より感謝申し上げます。

令和六年五月

小島まち子

著者略歴

小島まち子（こじま　まちこ）

1956年、秋田県由利本荘市に生まれる。配偶者出向に伴い、米国インディアナ州とバージニア州に合計17年滞在。バージニア州ハンプトン大学で日本語講師、帰国後は子供英会話教室で英語講師を務める。市役所子育て支援課非常勤職員を経て、現在は執筆活動中。日本ペンクラブ会員。

著書　『アメリカ中西部に暮らす ――Dear Friends』(2021年11月)
『残照 ――義父母を介護・看取った愛しみの日々』(2022年4月)
『懸け橋 ――桜と花水木から日米友好は始まった』(2022年10月)
『白い闇 ――ひと夏の家族』(2024年7月)

現住所　〒274-0824　千葉県船橋市前原東3-26-10
MAIL　machikojima56@gmail.com

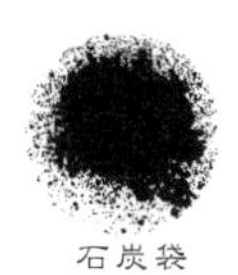

白い闇 ――ひと夏の家族

2024年7月23日初版発行
著者　　　　　　小島まち子
編集・発行者　鈴木比佐雄
発行所　株式会社 コールサック社
〒173-0004　東京都板橋区板橋 2-63-4-209
電話 03-5944-3258　FAX 03-5944-3238
suzuki@coal-sack.com　http://www.coal-sack.com
郵便振替　00180-4-741802
印刷管理　（株）コールサック社　制作部

装幀　松本菜央

落丁本・乱丁本はお取り替えいたします。
ISBN978-4-86435-620-6　C0093　￥2000E